AF766022

# चार अनुपम सुंदरियाँ

सोमदेव भट्ट कृत कथासरित्सागर कथा-माला

# चार अनुपम सुंदरियाँ

महेश दर्पण

नीलकंठ प्रकाशन
नई दिल्ली-110002

ISBN : 978-93-95145-47-3


प्रथम संस्करण : 2023

प्रकाशक : नीलकंठ प्रकाशन
4760-61, 23 अंसारी रोड़
नई दिल्ली-110002

शब्द संयोजक : प्रतिभा प्रिंटर्स, शाहदरा, दिल्ली-110032

CHAR ANUPAM SUNDARIYAN by Mahesh Darpan

दीक्षा, विधि, तूलिका,
अर्णव और विनायक के भविष्य
को समर्पित

# पुरोवाक्

भारतीय कथा-धरोहर के विद्वानों की मान्यता है कि जिसने 'कथासरित्सागर' नहीं पढ़ा, वह भारतीय कथा-धारा के मूल को समझ ही नहीं सकता। यूं भी, कथा विशेषज्ञों की बात रहने भी दें, तो इस अद्भुत ग्रंथ में सोमदेव भट्ट ने 'बृहत्कथा' को इस ढंग से प्रस्तुत किया है कि कोई भी पाठक एक बार पढ़ना भर प्रारंभ कर दे, उसके रहस्य जाल के प्रवाह से बच नहीं सकता।

यह सही है कि संपूर्ण 'कथासरित्सागर' को मूल रूप में पढ़ पाना हर किसी के बूते की बात नहीं है। वहां पात्रों, स्थानों, घटनाओं में कभी-कभी पाठक ऐसे भ्रमित भी हो जाते हैं कि उन्हें यह लगने लगता है कि काश, कोई उस रहस्यलोक से बाहर निकाल कर ले आए। अपनी ओर से तो सोमदेव भट्ट की यह भरसक चेष्टा रही थी कि मूल 'बृहत्कथा' में जो वस्तु थी, उसी का संग्रह यहां किया जाए। हां, प्रस्तुति में कथाओं के विस्तार को वह कुछ संक्षिप्त अवश्य कर रहे थे। उन्होंने यह बड़ा कार्य न किया होता, तो गुणाढ्य कृत 'बृहत्कथा' तो लुप्तप्राय थी ही, कथा की यह विषद धरोहर भी कहीं खो जाती। ऐसा नहीं कि 'बृहत्कथा' का रूपांतर सोमदेव ने ही किया हो, किंतु सर्वाधिक ग्राह्य रूप 'कथासरित्सागर' ही है।

इसके कलावती, महल्लिका, अलंकारवती व रूपलता केंद्रित आख्यान को इस खंड में 'चार अनुपम सुंदरियां' शीर्षक से प्रस्तुत किया जा रहा है। इसका प्रारंभ शाकलराज चंद्रप्रभ के दरबार में मयासुर के आगमन से एक रहस्य के साथ होता है। कथा जैसे-जैसे आगे बढ़ती है, सूर्यप्रभ पर आक्रमण, उसकी रानियों का अपहरण, काल ब्राह्मण की कथा, कलावती प्रसंग, महल्लिका संदर्भ, सूर्यप्रभ के प्रयत्न, युद्ध चर्चा, रणभूमि के दृश्य, गुणशर्मा की कथा, अलंकारवती प्रसंग, राम-सीता की कथा, पृथ्वीरूप और रूपलता का आख्यान आदि बड़े रोचक ढंग से प्रस्तुत किये गए हैं।

इन्हें पढ़ते हुए आज किसी भी पीढ़ी के पाठक यह समझ सकते हैं कि भारतीय कथा-परंपरा का मूल उद्‌भव क्या रहा होगा। सबसे अच्छी बात यह है कि इसके साथ कथा में आए चारों अनुपम सुंदरियों के कथा-प्रसंग एक उपन्यास की तरह भी पढ़े जा सकते हैं। कथारस की ऐसी अविरल धारा यहां बहती नजर आती है जिसमें एक डुबकी लगाने के बाद, बस बहते चले जाने को जी करने लगता है।

रूपांतर में चेष्टा यही रही है कि आधुनिक पाठकों के लिए सहज, बोधगम्य व सरस भाषा प्रयुक्त की जाए। क्लिष्ट व समझ से परे लगने वाले प्रसंगों को भरसक सहज व सरल स्वरूप में रखने का प्रयत्न किया गया है।

यदि पाठक इसे पढ़कर आनंदित होने के साथ ही 'कथासरित्सागर' के अनुपम कथा-कोष के प्रति आकृष्ट हो सके, तो मुझे अपना श्रम सार्थक लगेगा।

**—महेश दर्पण**

# चार अनुपम सुंदरियाँ

सभी हैरान थे कि आखिर यह हुआ, तो कैसे? सूर्यप्रभ और शाकलराज चन्द्रप्रभ दरबार में अपने मंत्रियों के साथ बैठे बातचीत कर रहे थे। इसी बीच सिद्धार्थ से संवाद में मय का नाम क्या आया, सभा-भवन की भूमि बीच में ही फट पड़ी। भूमि फटी सो फटी, जैसे ही दरार नजर आई, जोरदार आवाज़ हुई। आवाज़ सुनते ही, सब हैरान हो उसे सुन ही रहे थे कि एक सुगंधित हवा का झोंका-सा आया। अभी सब उसे अनुभव ही कर रहे थे कि उसी हवा के झोंके के बीच मयासुर निकल कर सामने आया।

मयासुर क्या था, पूरा कोई पर्वत ही आ खड़ा हुआ हो जैसे। ऊंचाई पर उसके सिर पर, जैसे पीले रंग की औषधियां ही जलती नजर आ रही थीं। उसके शरीर पर रक्त वस्त्र-रूपी धातु दिखाई पड़ रही थी।

शाकल के राजा चन्द्रप्रभ ने उसे आदर-सत्कार सहित एक सिंहासन पर बैठाया। सिंहासन पर बैठते ही दानवराज मय कहने लगा- "देखिए, आपने अब तक ये पांच पार्थिव आनंद तो भोग लिए हैं। अब आपका दिव्य भोगों का आनंद उठाने का समय आ गया है। इसलिए अब आप लोग उसके लिए कुछ प्रयत्न प्रारंभ कर दीजिए! सबसे पहले आप अपने बन्धु-बान्धवों को दूत भेजकर बुलवा लें, इसके बाद ही विद्याधरों के राजा सुमेरु से मिलना होगा। इसके बाद हम श्रुतशर्मा को जीतकर आकाश चारियों का साम्राज्य प्राप्त कर लेंगे। सुमेरु पहले से ही हमारी सहायता करने के लिए सम्बन्धी सरीखी भावना लिए बैठा है। असल में, उसे शिव ने यह कहा हुआ है कि तुम सूर्यप्रभ की रक्षा करना और उसे अपनी बेटी दे देना।"

मयासुर की यह बात सुनकर चन्द्रप्रभ सक्रिय हो गया। उसने आकाशचारी प्रहस्त और प्रभास आदि दूतों को बुलवाया और उन्हें अपने मित्र-बन्धु राजाओं के पास बुलावा देने को भेज दिया।

इधर मय दानव ने सूर्यप्रभ से पूछा कि 'आपने अपनी पत्नियों और मंत्रियों को इन्द्रजाल आदि विद्याएं सिखा दी हैं या नहीं! जो यह विद्याएं नहीं सीख सके हैं, उन्हें तुरंत सिखा दें।'

युवराज सूर्यप्रभ ने ऐसा ही किया। उसने जिन-जिन को ये विद्याएं नहीं सिखाई थीं, उन्हें तुरंत सिखा दीं।

## नारद मुनि का आना

दरबार में बैठे राजा और उनके सभासद अभी चर्चा कर ही रहे थे कि अपने तप के प्रभाव से दसों दिशाओं को प्रकाशित करते हुए नारद मुनि आकाश से उतर आए।

उन्हें देख चन्द्रप्रभ बड़े प्रसन्न हुए। अर्ध्य लेकर नारद आसन पर विराजमान हो गए। इसके पश्चात उन्होंने चंद्रप्रभ से कहा- "मुझे इन्द्र ने आपके पास भेजा है राजन। उनका संदेश है कि उन्हें यह ज्ञात हुआ है कि शिव जी की आज्ञा से आप लोगों ने मय दानव की सहायता से अज्ञानवश मानव शरीरधारी सूर्यप्रभ को सभी विद्याधरों का चक्रवर्ती बनाने का प्रयत्न प्रारंभ कर दिया है।

"ऐसा करना ठीक नहीं है। यह पद तो मैंने श्रुतशर्मा को दिया है। वही विद्याधर-कुल रूपी क्षीरसागर का चन्द्र है। उसे यह पद कुल परंपरा से मिला हुआ है। हमारे विरोधी बनकर यदि तुम यह धर्म-विरुद्ध कार्य करोगे, तो इससे तुम्हारा विनाश निश्चित है। पहले भी रुद्र यज्ञ करते समय मैंने तुमसे कहा था कि पहले अश्वमेघ यज्ञ करो। लेकिन मेरे कहने पर भी तुमने ऐसा नहीं किया।

"दूसरे देवताओं की परवाह न कर, केवल रुद्र की आशा से तुम घमंड में आकर जो कुछ कर रहे हो, उससे तुम्हारा हित न होगा।"

नारद का इतना कहना था कि दानव मय जोर-जोर से हंसने लगा। उसने नारद से कहा-"महामुनि, देवेन्द्र ने जो कुछ कहा है, वह सही नहीं है। यदि वह कहता है कि सूर्यप्रभ मनुष्य है, तो यह ठीक नहीं है। क्या इन्द्र ने दामोदर-संग्राम के समय यह नहीं देखा था कि सूर्यप्रभ तो अलौकिक मानव है। मानव सत्ववान है, अतः वह सभी सिद्धियां प्राप्त करने का अधिकारी है। राजा नहुष ने भी तो इन्द्र पद की सिद्धि प्राप्त कर ली थी! और इन्द्र का यह कहना भी गलत है कि श्रुत शर्मा को विद्याधर चक्रवर्ती का पद प्रदान किया गया है और यह उनकी कुल परंपरा से उन्हें मिला हुआ है। जब महेश्वर शिव दाता हैं तो किसी भी प्रकार के प्रमाण की आवश्यकता ही क्या है! और फिर बड़ा होने की वजह से हिरण्याक्ष को इन्द्र पद मिलना चाहिए था। इस पद पर उसने कैसे अधिकार

जमा लिया! इन्द्र का यह संदेश भी ठीक नहीं कि हमारी तुम्हारे साथ शत्रुता हो जाएगी। इन्द्र तो केवल अपने हठ के कारण ही हमसे शत्रुता रखता है। और फिर इसमें अधर्म जैसी क्या बात है? शत्रु पर विजय पाकर तो हम एक तरह से क्षत्रिय धर्म का ही पालन कर रहे हैं। उसकी तरह हम किसी मुनि की पत्नी का अपहरण तो नहीं कर रहे ! (उल्लेखनीय है कि इन्द्र का गौतम-पत्नी अहल्या के साथ तो नाम जुड़ता ही है, ब्राह्मण वृत्रसुर की हत्या में भी संदर्भ आता है।) हम तो इन्द्र की तरह ब्रह्महत्या भी नहीं कर रहे।

"और हां, इंद्र का यह कहना कि अश्वमेघ यज्ञ की आज्ञा न मानकर हमने देवताओं का अपमान किया है, सरासर प्रलाप ही है। रुद्र यज्ञ कर लिया जाए, तो फिर अन्य यज्ञों का महत्व ही क्या रह जाता है! महादेव की अर्चना हो जाए, तो फिर किस देवता की अर्चना नहीं हो जाती! उसका यह कहना कि चन्द्रप्रभ की आस्था केवल शिव पर ही है और यह उसके हित के विपरीत है, सही नहीं है।

"अरे, जहां शिव हैं, वहां फिर दूसरे देवताओं की क्या बात होगी! क्या सूर्योदय के समय अन्य तेज-समूह मद्धम नहीं पड़ जाते! हे मुनि, तुम जाकर इन्द्र से कह दो कि हम तो यह कार्य अब करने ही जा रहे हैं, वह जो चाहे करें।"

मयासुर की यह बात सुनकर देवर्षि नारद ने वहां से प्रस्थान किया और देवराज इन्द्र के पास पहुंच गए।

नारद तो इन्द्र के पास जा पहुंचे और इधर इन्द्र के संदेश से आशंकित हो राजा चन्द्रप्रभ से मयासुर कहने लगे– "राजा, तुम्हें इन्द्र या श्रुतशर्मा से घबराने की कोई आवश्यकता नहीं। हमसे शत्रुता के चलते यदि श्रुतशर्मा युद्ध में अपने पक्ष से देवताओं को भी ले आयेगा, तो हम असंख्य दानव भी महाराज प्रह्लाद की अध्यक्षता में तुम्हारी ओर से लड़ने को तैयार हैं। शिव हम पर प्रसन्न हैं और हम पर कृपा करने को तैयार हैं। ऐसे में तीनों लोकों में किसकी हिम्मत है कि वह हमारा सामना कर सके! इसलिए, अब इस काम के लिए तैयारी करो।"

मय की ये बातें सुनकर सभी प्रसन्न हो गए और तैयारी में जुट गए। उधर दूतों का संदेश पाकर वीरभट आदि सभी बंधु-बांधव-मित्र शाकल नगर की ओर आने लगे। राजा चंद्रप्रभ भी उन सभी के स्वागत-सत्कार में जुट गया।

यह देख मयासुर ने चन्द्रप्रभ से कहा– "हे राजा, आज रात को रुद्र की महाबलि की तैयारी कर लो। मैं बताता रहूंगा, तुम करते चले जाना।"

चन्द्रप्रभ ने रुद्रबलि की सारी तैयारी करवा दी। इसके बाद उसने रात के समय वन में पहुंचकर श्रद्धापूर्वक बलिदान किया। इसके बाद राजा अभी हवन कर ही रहा था कि उसने देखा–अग्नि से भूत गणों का प्रमुख नन्दी प्रकट हो गया। राजा ने जब विधिवत पूजन सम्पन्न कर लिया तो प्रसन्नमन नन्दी कहने लगा– "स्वयं भगवान शिव ने यह संदेश देने को कहा है कि उनकी कृपा से तुम्हें सैकड़ों इन्द्रों का भी मय नहीं रहेगा। सूर्यप्रभ हर हाल में आकाशचारी विद्याधरों का चक्रवर्ती राजा बनेगा।"

नन्दी ने शिव का संदेश दिया, बलि स्वीकार की और फिर अंतर्धान हो गया।

राजा चन्द्रप्रभ भी तब, सम्पूर्ण पूजन सम्पन्न होने के बाद मय के साथ अपने नगर की ओर लौट चला।

दूसरे दिन प्रातः राजा जब अपनी महारानी, पुत्रों और मंत्रियों के साथ बैठा हुआ था, तभी मय ने उससे कहा–"राजा, अब मैं लंबे समय से छिपाकर रखा एक रहस्य बता रहा हूं। सच यह है कि तू महाबल सुनीथ नाम का दानव और मेरा बेटा है। सूर्यप्रभ है सुमुण्डीक नाम का तेरा छोटा भाई। जब देवताओं ने तुम्हें युद्ध में मार दिया तो अगले जन्म में तुम पिता-पुत्र के रूप में जन्मे हो। मैंने तुम्हारा दानव शरीर दिव्य लेपों से सुरक्षित कर के रखा है। इसलिए अब तुम गुफा के मार्ग से पाताल में प्रवेश करो। और फिर जैसा मैंने बताया है, उस तरह अपने शरीर में प्रवेश कर जाओ।

"जब तुम अपने दानव शरीर में प्रवेश कर जाओगे, तब तुममें इतना तेज, पराक्रम और बल बढ़ जाएगा कि तुम आसानी से आकाशचारियों पर विजय पा सकोगे। तभी यह सूर्यप्रभ नामक सुमुंडीक अपने उसी सुंदर शरीर से विद्याधरों का दीर्घ काल तक चक्रवर्ती रहेगा।"

सूर्यप्रभ ने जब मय से यह सब सुना, तो उसकी कही बातों को स्वीकार करते हुए कहा– "ठीक है।" तभी उसका मंत्री सिद्धार्थ कहने लगा– "आपने 'ठीक है' तो कह दिया, किंतु जब आप दानव शरीर में प्रवेश कर जाएंगे, तब यहां हमारे लोग आपको मरा हुआ नहीं मान लेंगे! उनका यह भ्रम हम कैसे

दूर कर सकेंगे? ऐसे में प्रजा को धीरज कैसे बंधाया जाएगा! यही नहीं, दूसरे शरीर में प्रवेश करने के बाद हमें भूल नहीं जाओगे क्या! तब तो हमारे संबन्ध ही खत्म हो जाएंगे।''

सिद्धार्थ का इतना कहना था कि मयासुर बोल पड़ा– ''उस शरीर में प्रवेश करते हुए सूर्यप्रभ को तुम स्वयं योग की क्रिया से देख लो। ऐसे में फिर यह तुम्हें नहीं भूल सकता। इसका भी एक कारण है। जो व्यक्ति मृत्यु को प्राप्त होता है, वह नए गर्भ में जाकर अपना अतीत भूल जाता है। जो नए जीवन में रोग, मृत्यु आदि कष्टों से पीड़ित हो, उसी में रम जाता है।

''असल बात यह है कि जो इंसान अपनी इच्छा से दूसरे शरीर में योग द्वारा प्रवेश करता है, वह पहले अंतःकरण में प्रवेश करता है फिर इन्द्रियों में। ऐसे में उसके मन व बुद्धि भली भांति चलते रहते हैं। यह ठीक वैसा ही है जैसे कोई व्यक्ति एक घर छोड़कर दूसरे घर में प्रवेश करता है। फिर भी पुराने घर की स्मृति उसे बनी ही रहती है।''

''इसलिए तुम चिंता या शंका मत करो। तुम्हारा यह राजा तो अब जरा, मरण रहित एक दिव्य जीवन पाने वाला है। इसके साथ ही तुम सब भी रसातल में प्रवेश करके अमृतपान से दिव्य देह धारण कर रोग मुक्त हो जाओगे।''

मयासुर के समझाने पर सभी सहमत हो गए और उन्हें विश्वास हो गया कि सब ठीक ही होगा।

दूसरे दिन, जैसा मयासुर ने बताया था, राजा चन्द्रप्रभ चंद्रभागा और इरावती के संगम पर जा पहुंचा। उसके साथ अन्य राजा और सभासद भी थे। उसने वहीं सूर्यप्रभ की सभी रानियों को अन्य राजाओं के संरक्षण में रखा और मयासुर द्वारा बताई गुफा की ओर चल दिया। उसके साथ सूर्यप्रभ एवं सिद्धार्थ सहित अनेक मंत्री और उसकी रानियां भी थीं।

गुफा में प्रवेश करते ही देखता क्या है कि एक देव-मंदिर नजर आ रहा है। वह रानियों को लेकर उस मंदिर में प्रवेश कर गया।

वह तो प्रवेश कर गए किंतु गुफा के द्वार पर सूर्यप्रभ की प्रतीक्षा में खड़े उसके बंधु-बांधवों पर विद्याधरों की सेना ने आकाश मार्ग ससे आक्रमण कर दिया। आक्रमण तो जो किया सो किया ही, उन्होंने अपनी माया से सूर्यप्रभ की सभी रानियों को बांध लिया और उनका अपहरण कर लिया। जिन राजाओं

के संरक्षण में रानियों को छोड़ा गया था, वे भी माया के बल पर बांध लिए गए।

यह सब चल ही रहा था कि आकाशवाणी होने लगी– "पापी श्रुतशर्मन्, यदि तू चक्रवर्ती सूर्यप्रभ की पत्नियों का स्पर्श भी कर लेगा तो उसी पल सेना सहित तू समाप्त हो जाएगा। तू स्त्रियों को मां की तरह मान और उनकी रक्षा कर। अभी चेतावनी दी है, तुझे मारकर इन्हें मुक्त नहीं कराया है। कुछ ऐसे कारण हैं कि इनका दूसरे स्थान पर ही रहना ठीक है।"

यह आकाशवाणी सुनते ही सारे के सारे विद्याधर नौ दो ग्यारह हो गए। उधर वीरभट आदि राजा अपने सामने कन्याओं का अपहरण होता देख युद्ध में प्राण त्यागने को तैयार हो गए। उनकी यह भावना देख, फिर आकाशवाणी होने लगी– "इन कन्याओं का कुछ न बिगड़ेगा। तुम लोगों को यह फिर से प्राप्त हो जाएंगी। इसलिए मरने के बारे में सोचो भी मत। तुम सब का कल्याण हो।"

यह सुनकर सभी राजा शांत हो गए और पहले की तरह चन्द्रप्रभ की प्रतीक्षा में जुट गए।

उधर चन्द्रप्रभ पाताल के देव मंदिर में अपने परिजनों के साथ बैठा हुआ था। बातचीत के बीच उसने मयासुर ने कहा–"राजन, ध्यान से मेरी बात सुनो। मैं तुम्हें उत्तम योग का उपदेश दूंगा। इससे दूसरे शरीर में प्रवेश किया जा सकता है।"

राजा ध्यान एकाग्र कर बैठ गया, तो उसने रहस्य सहित साख्य और योग द्वारा परकाय-प्रवेश का उपदेश दिया। उसने कहा– "यह एक प्रकार की सिद्धि और ऐसा ज्ञान है जो अष्ट सिद्धियां प्रदान करेगा। इस प्रकार की शाक्ति पाकर देव गण मोक्ष भी नहीं चाहते। इसे पाने के लिए ही अनेक मनुष्य जप और तप में लगे रहते हैं। इस संबन्ध में एक कथा सुनो।"

## कथा काल ब्राह्मण की

बहुत पहले की बात है। एक ब्राह्मण था—काल। वह पुष्कर जाकर चौबीसों घंटे जप करने में जुट गया। ऐसा करते-करते उसे दो सौ दिव्य वर्ष बीत गए। एक दिन वह जप में लीन था कि उसके सिर से अचानक एक अविरल ज्योतिधारा

फूट पड़ी। ज्योतिधारा क्या, वह सहस्त्र सूर्यों से कहीं अधिक प्रचंड ज्योति थी। उसने आकाश तक उठकर सिद्धों और विद्याधरों की गति को भी जैसे रोक ही दिया। वह ज्वाला इतनी तेज थी कि उसके तेज से तीनों लोक झुलसने लगे।

ऐसा होता देख ब्रह्मा और इन्द्र बहुत चिंतित हो गए। वे सब उस ब्राह्मण के पास जाकर निवेदन करने लगे– "हे ब्राह्मण, तुम्हें जो चाहिए वह हमसे ले लो। बस यह देख लो कि तुम्हारे तप के तेज से तीनों लोक जले जा रहे हैं।"

ब्राह्मण ने कहा– "मैं तो बस यही चाहता हूं कि मेरा मन हरदम इसी जप में लगा रहे। मेरी और कोई इच्छा नहीं है।"

देव गण उससे लगातार निवेदन करते रहे। ब्राह्मण उनसे परेशान हो कर उत्तर दिशा में हिमालय के पास जा पहुंचा और एक स्थान पर वहीं फिर जप करने लगा। कुछ ही दिनों के बाद वहां भी उसका तेज वैसे ही प्रकट हो गया। अब इन्द्र आदि देवता सोचने लगे कि उसके तप को कैसे क्षतिग्रस्त किया जाए। अंतः उन्होंने उसके तप को भग्न करने के लिए कुछ अप्सराओं को भेज दिया।

अप्सराएं वहां जाकर तरह-तरह से विघ्न पैदा करने की चेष्टा कर कर के हार गईं किंतु उस ब्राह्मण ने उनकी जरा भी परवाह नहीं की। अपना यह उपाय व्यर्थ होता देख फिर देवताओं ने ब्राह्मण के पास भेजा मृत्यु को।

मृत्यु उसके पास जाकर बोली, "देखो ब्राह्मण, इतने लंबे समय तक मनुष्यों का जीवन ठीक नहीं। अब तुम इस आत्मा को छोड़ो और ईश्वरीय मर्यादा का पालन करो।"

मृत्यु की बात सुनकर ब्राह्मण कहने लगा– "यदि मेरे जीवन की अवधि पूरी हो चली है, तो मुझे आकर ले क्यों नहीं जाते! किस बात की प्रतीक्षा है? मैं स्वयं तो अपने प्राण नहीं छोडूंगा। इस तरह तो मैं आत्मघाती कहालाऊंगा।"

तप के प्रभाव के कारण जब उस ब्राह्मण को काल भी न ले जा सका तो वह हारकर अपने स्थान पर लौट गया।

ऐसे में पश्चाताप से घिरा इन्द्र उस कालजित ब्राह्मण को स्वयं उठाकर स्वर्ग की ओर ले गया।

स्वर्ग पहुंचकर भी उस ब्राह्मण का भाव ऐसा था कि वह भोगों से पूरी तरह विरक्त और जप में लीन रहा। यह देख देवताओं ने उसे फिर से पृथ्वी पर उतार दिया। ब्राह्मण अब फिर हिमालय की ओर चल दिया। वहां एक स्थान पर वह फिर से जप करने लगा।

वह जप करने लगा तो देवगण उसे फिर परेशान करने जा पहुंचे। उन्होंने उससे वर मांग लेने को कहा, पर वह टस से मस न हुआ। एक दिन उसी मार्ग से राजा इक्ष्वाकु निकला। देवताओं ने इक्ष्वाकु को ब्राह्मण का हठ बताया। इस पर राजा इक्ष्वाकु ब्राह्मण के पास जाकर कहने लगा, "तुम्हें देवताओं से वर नहीं लेना तो कोई बात नहीं, तुम मुझ से ही वर मांग लो।"

इस पर ब्राह्मण ने रुष्ट हो कर कहा– "मैं देवताओं से तो वर ले नहीं रहा, तुम क्या मुझे वर दोगे।"

राजा इक्ष्वाकु को ब्राह्मण का कहना चुभ गया। वह बोला, "यदि मुझमें वर देने का सामर्थ्य नहीं, तो तुम ही मुझे वर दे दो।"

ब्राह्मण तैश में आकर कहने लगा, "अच्छा मांग, क्या चाहता है तू? जो मांगेगा, मैं दूंगा।"

अब राजा इक्ष्वाकु असमंजस में पड़कर सोचने लगा, 'अगर यह ब्राह्मण मुझे कुछ देता है, तो वह ठीक है। किंतु मैं उससे कुछ लूं, तो यह उलटी बात हो जाएगी।' सोच में पड़ा वह किसी निर्णय पर नहीं पहुंच पा रहा था। तभी अचानक दो ब्राह्मण झगड़ते हुए वहीं आ पहुंचे।

आ ही पहुंचे, तो उन्होंने देखा कि राजा तो वहीं उपस्थित हैं। उनमें से एक ने राजा से न्याय कराना चाहा और बोला– "राजन, दक्षिणा के साथ ही इसने मुझे गाय भी दी है।" उसने उसे गाय लौटानी चाही।

इस पर पहला ब्राह्मण बोला, "यह अपने हाथ से मेरा दान क्यों नहीं लेता?"

दूसरा ब्राह्मण, "मैंने कभी दान लिया ही नहीं। न यह मेरे लिए जरूरी है। मैं फिर क्यों स्वीकार करूं!"

राजा ने यह सुना, तो बोला, "न्याय की अपेक्षा करने वाला यह ब्राह्मण ठीक नहीं कह रहा। पहले तो इसने दान स्वीकार कर लिया। अब उसे लौटा

रहा है!'' राजा अभी अपनी बात पूरी भी न कर पाया था कि इन्द्र कहने लगा, ''हे राजा, तुम तो न्याय करना जानते ही हो। फिर तुम इस जापक ब्राह्मण से वर क्यों नहीं मांग लेते!''

राजा यह सुनकर निरुत्तर हो गया, उसने ब्राह्मण से कहा, ''अपने जप का आधा फल तुम मुझे दे दो।''

जापक ब्राह्मण ने तुरत कह दिया, ''अच्छा, तो मेरे जप का आधा फल तुम्हें मिल जाए।''

यह फल राजा को क्या मिला, उसे सभी लोकों में जाने की शाक्ति प्राप्त हो गई। इसके बाद तो फिर उसने अनेक कल्पों तक अलग-अलग लोकों में रहकर और फिर से पृथ्वी पर लौटकर योगाभ्यास किया और अक्षय सिद्धि प्राप्त कर ली।

यह कथा कहती है कि जो विद्वदजन होते हैं, उन्हें सिद्धि पाना ही अच्छा लगता है।

''अब हे राजा तुमने सिद्धि प्राप्त कर ली है। तुम अब स्वतंत्र हो। अब तुम अपने पहले के शरीर में प्रवेश कर लो।'' मय ने ऐसा कहा तो चन्द्रप्रभ अपनी रानियों, बेटे व मंत्रियों के साथ बड़ा खुश हो गया।

मय दानव ने यह देखा, तो वह चन्द्रप्रभ व समूचे परिवार को दूसरे पाताल में ले गया। वहां उन्हें एक सुंदर घर में ठहराया।

जैसे ही वे सब उस घर में पहुंचे, तो देखते क्या हैं कि एक बिस्तर पर एक दिव्य पुरुष लेटा हुआ है। उसे देखकर लगा कि उसका शरीर घी व औषधियों के लेप से पुता है। उसकी आकृति विकृत हो गई है, अतः उसे गौर से देखने पर वह डरावना लग रहा है। उसके चारों ओर दैत्यराज की कन्याएं मुंह लटकाए खड़ी हैं।

चन्द्रप्रभ से उसी समय मय कहने लगा, ''यह तुम्हारा ही पहला शरीर है। अब तुम इसमें प्रवेश कर जाओ।''

राजा चन्द्रप्रभ ने यह सुनते ही मय की बताई योग की विधि से अपने उस पहले शरीर में प्रवेश कर लिया।

जैसे ही उसने उस शरीर में प्रवेश किया, लगा जैसे वह लंबी नींद से जागा हो। उसने जंभाई ली और धीरे-धीरे अपनी आंखें खोल लीं।

उसकी आंखें खुली देख रानियां चहक उठीं, "हमारे भाग्य से राजा सुनीथ फिर से जीवित हो गए।"

उधर चन्द्रप्रभ का निर्जीव शरीर धरती पर गिर पड़ा। उसे देख सूर्यप्रभ आदि खिन्न होने लगे।

इधर सुनीथ (अर्थात् चन्द्रप्रभ) ने सामने ही देखा कि उसके पिता मय खड़े हैं, तो उसने उन्हें प्रणाम किया।

मय भी उसे प्रेम से गले लगाकर पूछने लगा, "बेटा, क्या तुम्हें अपने दो जन्मों की कुछ याद है?"

"कुछ ही नहीं, मुझे एक-एक चीज याद है।" यह कहकर उसने पूरा का पूरा विवरण सुना डाला। इसके बाद उसने पहले जन्म की रानियों व सूर्यप्रभ आदि के नाम ले लिए। सूर्यप्रभ के पुत्र व उनकी दानवी पत्नियों के भी नाम ले लिए।

इसके बाद चन्द्रप्रभ के निर्जीव पड़े शरीर को घी व औषधियों का लेप लगाकर सुरक्षित रख दिया गया। इसके बाद सूर्यप्रभ आदि ने चन्द्रप्रभ का अभिवादन किया।

अब मय उन्हें ले कर सोने के स्थान पर चला गया। वे वहां पहुंचे ही थे कि उन्हें हीरे से बनी एक साफ-सुथरी बावली नजर आई। उसमें अमृत रस भरा हुआ था। वे सब बावली के किनारे ही बैठ गए। तभी सुनीथ की दानवी पत्नियां मणिमय बरतनों में अमृत रस ले आईं। वे सब अमृत रस का पान करने लगे।

अमृत रस पीना था कि उनमें अद्भुत शक्ति का संचार होने लगा। यह देख मयासुर ने चन्द्रप्रभ से कहा, "जाओ पुत्र, अब लंबे समय बाद अपनी मां के दर्शन कर आओ।"

चंद्रप्रभ ने कहा, "चलिए।" तो मयासुर उसे सूर्यप्रभ अदि सहित चौथे पाताल में ले गया।

वे सब जहां पहुंचे, वह समूचा नगर सोने से बना हुआ था। वहां कई तरह के चित्रों और धातुओं से सज्जा की गई थी। कुछ देर बाद वे सब एक

घर में पहुंचे जहां रत्नों से बने खंभे थे। समस्त संपत्तियों से भरे-पूरे उस घर में उन्हें मय की पत्नी दिखाई दी। यही लीलवती थी। उसका रूप-सौंदर्य ऐसा था कि देवांगनाएं भी शर्मा जाएं। जैसे ही उसकी नजर सुनीथ पर पड़ी, वह एकदम से उठ बैठी। सुनीथ ने भी उसे प्रणाम किया और उसके पास ही बैठ गया।

लंबे समय बाद अपने बेटे से मिलने पर उसने उसे गले लगा लिया और अपने पति के बुद्धि कौशल की प्रशंसा करने लगी।

वह प्रशंसा कर ही रही थी, कि मय ने उसे बताया, "तेरे पुत्र सुनीथ का पुत्र सूर्यप्रभ बनकर जो खड़ा है, वही तेरा दूसरा पुत्र सुमुंडीक है। इसे शिव ने, इसी शरीर से विद्याधरों का भावी चक्रवर्ती बनाया है।"

यह सुनकर लीलावती अपने उस पुत्र को भी प्रेम से देखने लगी। यह देख, वह भी अपने मंत्रियों के साथ मां के चरणों के पास ही बैठ गया।

तब लीलावती ने उससे कहा, "सुमुंडीक के शरीस से क्या करना है, तुम तो इसी शरीर से सुंदर लग रहे हो।"

इस खुशी भरे माहौल में मय ने अपनी बेटी मंदोदरी और विभीषण को याद किया। उसका याद करना ही था कि वे दोनों वहीं उपस्थिति हो गए।

इस उत्सव भरे माहौल में सत्कार पाकर विभीषण अपने ससुर मयासुर से कहने लगा, "हे दानवराज, यदि मेरी मानें तो कहूं! दानवों में तुम्हीं पुण्यवान और कल्याणकारी जीवन जी रहे हो। तुम्हें बेवजह देवताओं के साथ दुश्मनी मोल नहीं लेनी चाहिए। युद्ध में देवों ने ही असुरों का संहार किया।

इतना सुनना था कि मय विभीषण से कहने लगा, "हम जबरन बैर तो करना चाहते नहीं, किंतु इंद्र का बेमतलब का हठ क्यों वर्दाश्त करें। देवताओं द्वारा, तुम असुरों को मारे जाने की जो बात कर रहे हो, उसका सच यह है कि उन्होंने जिन असुरों का वध किया था, वे प्रमादी असुर थे। बलि या प्रह्लाद जैसे असुर थोड़े ही उनके द्वारा मारे गए।"

मय का ऐसा कहना था कि विभीषण ने सबके साथ भेंट की, और फिर मंदोदरी को साथ लेकर लंका लौट चला। उसके जाने के बाद, राजा बलि को देखने के लिए मय सुनीथ व सूर्यप्रभ के साथ तीसरे पाताल की ओर चल दिया।

बलि का लोक स्वर्ग से भी सुंदर था। वहां दैत्यों व दानवों से घिरा बलि हार व मुकुट धारण किए हुए बैठा हुआ था। वे सभी बलि को प्रणाम कर बैठ गए। बलि ने भी उन सब का यथोचित आदर किया।

मय ने जब बलि को सारा वृत्तांत सुनाया, तो बलि ने तुरंत प्रह्लाद सहित अन्य दानवों को बुलवा लिया। उनके मिलकर सुनीथ आदि बड़े प्रसन्न हुए। तब बलि कहने लगा, ''हमारा यह सुनीथ पृथ्वी पर चन्द्रप्रभ के रूप में जन्म लेकर फिर से जीवित हो गया है। और साथ में सुमुंडीक का नया अवतार सूर्यप्रभ भी है। इसे भगवान शिव ने विद्याधरों का भावी चक्रवर्ती बनाया है। इसके यज्ञ के असर से मेरे बंधन ढीले हुए हैं। अब जब ये दोनों हमें फिर से मिल गए हैं, तो समझ लो हमारा अभ्युदय होने को है।''

बलि की यह बातें सुन उसका गुरु शुक्र कहने लगा– ''धर्म का आचरण करो। सत्य के मार्ग पर चलोगे तो अनिष्ट नहीं होगा।'' बस, फिर क्या था, दोनों दानवों ने धर्म के मार्ग पर चलने का नियम ही बना लिया।

कुछ समय बाद सातों पातालों के राजा वहां आ पहुंचे। तब सुनीथ के फिर मिल जाने की खुशी में बलि ने पूरे उत्साह से आनंद उत्सव मनाया। उत्सव अभी चल ही रहा था कि मुनि नारद वहां आ पहुंचे।

अपने आदर-सत्कार के बाद वह कहने लगे, ''मुझे यहां इन्द्र ने भेजा है। उसे सुनीथ की वापसी से बड़ी प्रसन्नता हुई है। अब तुम लोग अकारण वैर न करो। यहीं नहीं, तुम मेरे समर्थक श्रुतशर्मा से भी सहज संबंध बना लो।''

कुछ देर बाद ही नारद से प्रह्लाद बोले, ''सुनीथ की वापसी से इंद्र का प्रसन्न होना उचित ही है। किंतु मुनिवर हमारा विरोध कोई अकारण थोड़े ही है। हमने तो आज अपने गुरु के सामने प्रतिज्ञा भी की है। किंतु यदि श्रुतशर्मा ही इन्द्र के पक्ष का मय दिखा कर हमारे विरुद्ध रहे, तो इसमें भला हमारा क्या दोष! सूर्यप्रभ को देवों के देव महादेव ने विद्याधरों का चक्रवर्ती होने का आदेश किया है। इसलिए कि उसने महादेव की आराधना की थी। अब इसमें हम क्या करें। इन्द्र अगर ऐसा कुछ कह रहे हैं, तो यह ठीक नहीं।

नारद ने प्रह्लाद की यह बात सुनी, तो वह इन्द्र को ही भला-बुरा कहते हुए वहां से चले गए।

जब वह चले गए, तब शुक्राचार्य ने प्रह्लाद से कहा– "लगता है, इस विषय में इन्द्र की शत्रुता बनी रहेगी। लेकिन जब महादेव हमारे साथ हैं, तो फिर इन्द्र क्या कर सकेगा! उसने विष्णु पर उम्मीद लगा रखी है, वह बेकार ही जाएगी।"

सभी दानवों को शुक्राचार्य की बातों में सचाई नजर आयी। इसके बाद वे अपने-अपने स्थान को चले गए। और जब प्रह्लाद भी चौथे पाताल को चला गया तो राजा बलि भी सभा भवन से उठ गए। इसी समय सुनीथ व सूर्यप्रभ भी राजा बलि को प्रणाम कर सब के साथ अपने निवास पर लौट आए।

जब खान-पान पूरा हो गया, तो माता लीलावती ने कहा– "देखो बेटा, तुम्हें तो पता ही है कि तुम्हारी ये पत्नियां बड़े घरों से हैं। इनमें भी तेजस्वती घनाधिप कुबेर की और मंगलावती गंधर्वराज तुंबुरु की बेटी है। चन्द्रप्रभ के जन्म में प्रभास नाम के वसु की बेटी से तुमने विवाह किया है, जिसका नाम वसुमति है। बेटा, इन सभी को तुम समदृष्टि से देखा करो।" यह कहते हुए लीलावती ने उन तीनों को ही उसे सौंप दिया।

उस रात सुनीथ अपनी बड़ी पत्नी तेजस्वती के साथ सोने के लिए चला गया। यद्यपि सुनीथ को उसका संभोग सुख तो पहले भी प्राप्त हो चुका था, किंतु उस रात उसे अलग ही तरह का सुख मिला।

उधर पत्नी से अलग सूर्यप्रभ उस रात अपने मंत्रियों सहित अकेला हो शयनकक्ष में चला गया। चला तो गया, किंतु नींद ने सोचा– "जो अपनी प्राण-प्यारी पत्नियों को बाहर छोड़, अकेला ही सोना चाहता है, उसके पास जाकर क्या करूं। वह सूर्यप्रभ के पास फटकी तक नहीं।

प्रहस्त भी राज-काज की चिंता में डूबा हुआ था। शायद इसीलिए नींद उसके पास भी नहीं गई। शेष सभी सूर्यप्रभ के चारों तरफ सुख की नींद ले रहे थे।

## कथा कलावती की

अचानक सूर्यप्रभ और प्रहस्त की नजर एक अनुपम सुंदरी पर पड़ी जो अपनी एक सखी के संग कक्ष में प्रवेश किया। लगा जैसे ब्रह्मा ने उसे पाताल

में इसलिए छुपाकर रखा था कि कहीं उसके सौंदर्य के समक्ष उनकी सुरांगना-सृष्टि मलिन न हो जाएं!

सूर्यप्रभ अभी उस सुंदरी के बारे में कयास लगा ही रहा था कि वह कौन हो सकती है, तभी उसने देखा कि वह उसके सोए पड़े मित्रों में एक-एक को देखे जा रही है। उसे जब उन सब में चक्रवर्ती के लक्षण नजर न आए और अचानक उसकी नजर सूर्यप्रभ पर पड़ी तो वह अपनी सखी से कहने लगी–"सखी, यह रहा वह। जल से शीतल हाथों से इसके पैरों को छुओ। इसे जगाओ तो सही!"

सहेली ने सूर्यप्रभ को उसी तरह से जगाया। सोने का नाटक कर रहे सूर्यप्रभ ने भी धीरे-धीरे जागने का नाटक किया। उसने उन दोनों से पूछा– "तुम दोनों कौन हो? यहां किसलिए आई हो?"

तब सखी कहने लगी, "महाराज, दूसरे पाताल में विजयी राजा अभील है। वह हिरण्याक्ष का पुत्र है। वह बहुत बलशाली है। यह उसी की बेटी कलावती है। राजा अमील जिस समय बलि के पास से लौटा, तभी से बहुत खुश है। उसने कहा– "हमारे अहोभाग्य हैं, जो हमने पुनर्जीवित सुनीथ को देख लिया। ओर सुमुंडीक के अवतार सूर्यप्रभ को भी। सूर्यप्रभ को तो शिव ने विद्याधरों का भावी चक्रवर्ती बनाया है। यहां आए सुमुंडीक का मैं सम्मान करता हूं। मैं अपनी बेटी को सूर्यप्रभ के लिए देता हूं। हमारा व सुनीथ का गोत्र एक ही है। उसे देना तो उचित है नहीं। सूर्यप्रभ उसका पुत्र अवश्य है, किंतु असुर जन्म में नहीं। अतः सुनीथ के पुत्र का सम्मान भी एक तरह से उसी का सम्मान है।

"पिता की यह बात सुनने के बाद से ही, यह तुम्हारे प्रति आकृष्ट हो कर तुम्हें देखने यहां चली आई है।"

सखि की यह बात सुनकर सूर्यप्रभ जानबूझकर नींद में होने का नाटक करने लगा।

इसके बाद वह सुंदरी जाग रहे प्रहस्त के पास धीमे से गई और सखी के माध्यम से उसे सारा किस्सा बता दिया। यह सुनकर प्रहस्त भी सूर्यप्रभ के पास जाकर कहने लगा, "जाग रहे हो या नहीं राजन।"

जवाब में सूर्यप्रभ ने अधमुंदी आंखों में कहा, "जाग ही रहा हूं। मुझे अकेले नींद कहां! हां, एक बात तुमसे छिपाना नहीं चहाता। मैंने अभी कुछ देर पहले, एक सुंदरी को देखा है जो अपनी सहेली के साथ आई थी। उस जैसी सुंदरी तो तीनों लोकों में भी न होगी। मेरा जी चुराकर वह पल भर में ही गायब हो गई। तू देख तो सही, वह यहीं कहीं होगी।"

प्रहस्त जैसे ही बाहर निकलकर आया, उसे वह अपनी सखी के साथ खड़ी नजर आ गई। वह उससे बोला, "देखो, तुम्हारे कहने पर मैंने अपने स्वामी को जगा दिया। अब तुम मेरे अनुरोध से उन्हें फिर दर्शन दे दो। ताकि नजर भर से वश में किया हुआ वह तुम्हें देख तो ले। तुम भी उसके सुंदर रूप को देख लो। नींद से जागते ही, उसने तुम्हारे बारे में बात की और कहा कि कहीं से भी तुम्हें खोजकर ले आऊं!"

प्रहस्त की बात सुनकर वह सुंदरी लजा गई और फिर से शयनकक्ष में न जा सकी। ऐसे में प्रहस्त उसे हाथ पकड़कर सूर्यप्रभ के पास ले गया।

उसे पाया देख सूर्यप्रभ बोला, "अरी पाषाणहृदयी, जैसा तुमने आज मेरे साथ किया है, क्या वह ठीक है। तुमने तो सोये-सोये ही मेरे हृदय को चुरा लिया। इसीलिए तुम्हें मैंने इस तरह अपने पास बुलाया है। चोट्टी कहीं की, अब मैं तुम्हें नहीं छोड़ूंगा।"

सुंदरी की सखी ने यह सुना तो वह उससे बोली, "यह सब समझकर ही इस चोट्टी के पिता ने इसे तुम्हें अर्पित करना तय कर लिया है। इसे दंडित करने से, तुम्हें भला कौन रोकेगा! अब इसे दंड क्यों नहीं दे देते!"

यह सुनते ही सूर्यप्रभ ने जैसे ही उसका आलिंगन करना चाहा, वैसे ही कलवती कहने लगी, "ऐसा न करो आर्यपुत्र। अभी तो मैं कन्या ही हूं।"

प्रहस्त ने उससे कहा, "देवि, तुम शंका न करो। गान्धर्व विवाह तो सबसे उत्तम होता है।"

इसके बाद जब प्रहस्त व अन्य सभी बाहर चले गए तो सूर्यप्रभ ने गान्धर्व रीति से कलावती को अपनी पत्नी बना लिया। इसके बाद वह उस पाताल कन्या के साथ सुख भोगने लगा।

रात बीत गई और जब कलावती अपने घर चली गई तो सूर्यप्रभ सुनीथ व मय के पास जा पहुंचा। इसके बाद वे सब मिलकर फिर प्रहूलाद के पास चले गए। प्रहूलद ने सभी का आदर किया और फिर मय से बोला, "सुनीथ की वापसी पर तो हम सभी को उत्सव मनाना चाहिए। इस अवसर पर क्यों न हम सब एक साथ भोजन करें!"

"बिलकुल, ऐसा करना ही चाहिए।" मय ने उत्साहजनक उत्तर दिया तो प्रहूलाद ने दूतों को भिजवाकर सभी पातालों के दैत्य-दानवों को निमंत्रण दे दिया।

देखते-देखते हर पाताल से दैत्यों-दानवों के प्रमुख वहां आने लगे। सबसे पहले आया राजा बलि। उसके साथ अपने असुर थे। उसके बाद आया दैत्यराज अमील और दुर्जेय दुरारोह। देखते-देखते सभा भवन भर गया और सभी आगंतुक अपने अपने पद क्रमानुसार स्थान ग्रहण करने लगे। प्रहूलाद उन सभी का स्वागत कर रहा था।

कुछ देर बाद ही वे सब मय आदि के साथ गंगा स्नान कर आए और फिर भोजन के लिए एक विशाल भवन में एकजुट हो गए। भोजन का यह भवन चार सौ कोस तक फैला हुआ था। सोने व रत्न से जड़ी इसकी सुंदरता देखने लायक थी। अनेक रंगों वाले मणियों से सजे भोजन-पात्र रखे हुए थे।

सभी ने वहां तरह-तरह का भोजन और रसवान व्यंजनों का स्वाद लिया और अंत में सुस्वादु पेय पीते रहे।

भोजन काल के बाद वे सब रत्नों से विभूषित सभा भवन में आ जुटे। वहां कुछ देर बाद ही सुंदरियों का नृत्य होने लगा।

## प्रेम महल्लिका का

इसी बीच प्रहूलाद ने भी अपनी बेटी महल्लिका को नृत्य की आज्ञा दे दी। महल्लिका अपनी कान्ति से हर ओर प्रकाश किए जा रही थी। देखने वालों के लिए यह अमृतवर्षा की तरह था। लगता था जैसे चंद्रमा की मूर्ति पाताल को देखने को उतर आई हो।

महल्लिका के मस्तक पर सुंदर तिलक लगा था। पैरों में मोहक नूपुर और पाजेब पहने हुए थी। उसका मुख ऐसे मुस्करा रहा था जैसे ब्रह्म ने उसे नृत्यमृयी ही बना दिया हो। अपने घुंघराले बालों, चमकते सफेद दांतों और वक्षस्थल

घेरे स्तर-मंडलों से वह एक नये ही प्रकार के नृत्य की सृष्टि कर रही थी। जैसे ही उसने सूर्यप्रभ की ओर देखा, वह उसकी ओर आकृष्ट हो गया।

महल्लिका ने असुरों के बीच बैठे सूर्यप्रभ को इस प्रकार देखा जैसे शिव द्वारा कामदेव के भस्म किए जाने पर विधाता ने दूसरे कामदेव की रचना कर दी हो। सूर्यप्रभ को देख कर ऐसे बेचैन हो गई जैसे उसके इस बर्ताव को देख क्रोध से, आंगिक अभिनय ही बिगड़ गया हो।

सभा में बैठे सभी यह समझ गए और कहने लगे कि राजकुमारी थकन महसूस कर रही है। तभी वह नृत्य रोक दिया गया। महल्लिका भी सूर्यप्रभ की ओर तिरछी नजरों से देखती, पिता से जाने की आज्ञा पाकर, सभी को प्रणाम कर वहां से चली गई।

एक-एक कर सभी दानवराज अपने-अपने निवास को लौट गए। शाम होते-होते सूर्यप्रभ भी अपने स्थान पर चला आया।

रात हुई, तो कलावती शयन कक्ष में आ गई। सूर्यप्रभ उसके साथ ही सो गया। तभी महल्लिका अपनी दो सखियों सहित वहीं आ पहुंची। जैसे ही उसे शयन कक्ष की ओर जाते हुए देखा, सूर्यप्रभ का मंत्री प्रज्ञाढ्य बोला, "अरे ठहरो, पहले मैं भीतर से होकर लौट आऊं...।"

"आप लोगों ने हमें क्यों रोका? आप बाहर ही क्यों हैं?" महल्लिका ने पूछा, तो प्रज्ञाढ्य बोला, "किसी सोए हुए इंसान के पास अनायास पहुंच जाना क्या ठीक कहलाएगा! हमारे स्वामी किसी नियम के अंतर्गत ही अकेले सो रहे हैं।"

"ठीक है, तुम भीतर जाकर लौटो...।" महल्लिका ने उससे कहा।

प्रज्ञाढ्य यह सुनकर शयनकक्ष में चला गया। उसने देखा, कलावती सूर्यप्रभ के साथ सोई पड़ी है। उसने सूर्यप्रभ को जगाकर महल्लिका के आ पहुंचने का समाचार दिया। यह सुनना था कि सूर्यप्रभ महल्लिका के पास चला गया और बोला, "आपने इस अतिथि को यहां आकर कृतार्थ किया। आसन ग्रहण करें और इस स्थान को भी कृतार्थ करें।"

महल्लिका दोनों सखियों के साथ वहीं बैठ गई। सूर्यप्रभ भी प्रज्ञाढ्य के सामने बैठ गया। कुछ देर बार ही कहने लगा, "हे सुंदरी, अंतिम समय में, सभा में अन्य सभासदों की ओर सम्मान सहित देख मेरा अपमान किया है, फिर

भी हे चंचलनेत्री, तुम्हारी सुंदरता की तरह ही तुम्हारे नृत्य से मेरी आंखें सफल हो गई हैं।"

तब महल्लिका कहने लगी, "इस सब में मेरा कोई दोष नहीं है। उसी का दोष है जिसने मेरे अभिनय को बिगाड़ कर मुझे लज्जित किया है।"

इतना सुनते ही सूर्यप्रभ के मुंह से निकला, "यानी मेरी विजय हुई।" यह कहते हुए ही उसने महल्लिका का हाथ अपने हाथ में ले लिया। उस वक्त महल्लिका का हाथ मय से कांपे जा रहा था। वह कहने लगी, "आर्यपुत्र, छोड़ दो। अभी तो मैं कुमारी हूं और पिता के अधीन हूं।"

यह सुनकर प्रज्ञाढ्य कहने लगा, "कन्याओं का गन्धर्व विवाह भी तो होता है। तुम्हारे हृदय के भाव जाने लेने के बाद तुम्हारे पिता अब तुम्हें किसी दूसरे व्यक्ति को नहीं देंगे। वे सूर्यप्रभ का सम्मान तो करेंगे ही। अब घबराओ मत। तुम्हारा मिलन व्यर्थ न रहे।"

बाहर तो प्रज्ञाढ्य महल्लिका से संवाद कर रहा था, और उधर भीतर सोई कलावती की नींद टूट गई। उसने सूर्यप्रभ को शैया पर न देखा तो कुछ देर इंतजार करने के बाद वह बाहर निकल आई।

बाहर आते ही उसे अपना पति जब महल्लिका के साथ दिखाई दिया तो वह क्रोध, लज्जा और मय से घिर गई।

उसे देख महल्लिका भी कुछ डरी और लज्जित हुई, लेकिन सूर्यप्रभ तो जैसे चित्रलिखित-सा जड़ ही हो गया।

'मुझे तो अब सभी ने देख लिया है। यहां से भागूं भी तो कैसे! कैसे तो लज्जा करूं और कैसे ईर्ष्या!' यह सोचती हुई कलावती महल्लिका के पास ही आ बैठी।

आ ही बैठी, तो फिर कहने लगी, "सखि, तुम कुशल से तो हो? यहां रात में तुम कैसे आ गईं?"

इतना सुनना था कि महल्लिका ईर्ष्या भरे स्वर में उससे कहने लगी, "यह लोक मेरा है। मेरा तो घर भी यहीं है। तू ही है जो दूसरे पाताल गृह से यहां चली आई है। तू है मेरी अतिथि!"

यह सुनते ही कलावती हंस दी, ''यह तो दिखाई दे ही रहा है किंतु यहां आए हर किसी का या अतिथिविशेष का खूब सत्कार करती है।''

''यदि मैंने प्रेम से तुम्हें कुछ कह दिया, तो अब क्या तुम मुझसे द्वेष भरी बातें करने लगोगी। निर्लज्जे, मैं तेरी तरह नहीं हूं कि बगैर पिता के दिए ही, दूसरे के पास रात में शैया पर पड़ी रहूं! मैं तो यहां अपनी दो-दो सखियों के साथ अतिथ्य के रूप में मिलने को आई हूं। जैसे ही यह मंत्री हमें रोककर स्वयं भीतर गया, मैं समझ गई थी कि कुछ गड़बड़ अवश्य है। किंतु जब तुम दिखाई दीं, तो सभी कुछ स्पष्ट हो गया।''

महल्लिका द्वारा इस भाषा में लताड़ी गई कलावती क्रोध में टेड़ी नजर से सूर्यप्रभ को देखती हुई वहां से निकल गई।

वह निकल गई तो महल्लिका सूर्यप्रभ से बोली, ''हे बहुतों के चहेते, अब मैं भी यहां से जा रही हूं।''

उसके जाते ही सूर्यप्रभ का मन खिन्न हो गय। दोनों प्रेयसियों में लगा उसका मन भी तो उन्हीं के साथ चला गया था।

कुछ समय बाद जब सूर्यप्रभ थोड़ा ठीक हुआ, तो उसे कलावती के कलह कर चले जाने का ध्यान हो आया। उसने तुरंत प्रभास नाम के अपने एक मंत्री को उसका हाल जानने के लिए भेज दिया।

मंत्री गया ही था कि सूर्यप्रभ आतुरता से प्रज्ञाढ्य के साथ उसके आने की प्रतीक्षा में जुट गया।

मंत्री लौटा, तो उसने बताया, ''मैं अपनी शाक्ति के प्रभाव से अदृश्य हो कर कलावती के निवास-स्थान, अर्थात दूसरे पाताल लोक स्थित उसके घर पर चला गया। वहां दो परिचारिकाओं की बातें सुनीं तो कलावती के बारे में पता चला। एक कह रही थी—''क्यों, आज कलावती घबराई हुई-सी क्यों लग रही है!'' दूसरी ने कहा—'देख, सुमुंडीक का अवतार आज चौथे पाताल में है। उसका नाम है सूर्यप्रभ। उसका सौंदर्य ऐसा है कि कामदेव को भी जीत ले। कलावती उसे गुप्त रूप से स्वयं को समर्पित कर चुकी है। रात में जब यह सूर्यप्रभ के पास पहुंची थी, तभी कुछ देर बाद ही महल्लिका भी वहां पहुंच गई। इसके बाद जो सपत्नी-डाह से कलह हुआ, उसे दुखी हो कलावती आत्महत्या करने पर उतारू हो गई थी। लेकिन उसकी बहन सुखावती ने उसे समझाकर

किसी तरह से रोक लिया। अब वह दुखी मन से अपनी शैया पर बहन के साथ लेटी पड़ी है।' यही नहीं, मैंने समान रूप वाली उन दोनों बहनों को उस कमरे में जाकर देख भी लिया।"

सूर्यप्रभ को एकांत में अभी प्रभास यह समाचार बता ही रहा था कि प्रहस्त भी वहां आ पहुंचा।

अब सूर्यप्रभ ने प्रहस्त से हाल सुनाने को कहा तो वह बोला, "मैं जैसे ही महल्लिका के आवास पर पहुंचा, ठीक उसी समय वह भी अपनी दो सखियों के साथ दुखी मन से वहां आ पहुंची। मैं अपनी शक्ति से अदृश्य होकर उसके भवन में जा पहुंचा। वहां मुझे समान रूप वाली उसकी बारह सखियां दिखाई दीं। वे सभी रत्नों से जड़े पलंग पर बैठी हुई उसे घेरे थीं। तभी उनमें से एक कहने लगी—'सखि तू इस तरह दुखी क्यों है? विवाह होने को है और तू मन खराब किए बैठी है।'

'मेरा विवाह वहां हो रहा है? तुझसे किसने कहा? किससे हो रहा है मेरा विवाह?'

'कल, प्रातःकाल में तुम्हारा सूर्यप्रभ से विवाह होना है। तुम्हारी मां ने तुम्हारी अनुपस्थिति में ऐसा कहा है। हम लोगों को मांगलिक कार्य तक सौंप दिए गए हैं। तू तो धन्य है सखि, जिसे सूर्यप्रभ जैसा सुंदर पति मिल रहा है। उसने तो रूपसियों की नींद उड़ा रखी है। हमें तो दुख ये है कि उस सुंदर पति को पाकर तू हमें भुला ही देगी।'

अब महल्लिका ने सखियों से पूछा, "क्या तुम सब ने उसे देखा है? क्या तुम्हारा मन भी उस पर आया है?"

'हां, हमने उसे भवन से देखा है। कौन होगी जिसका दिल उसे देखकर निकलने को आतुर न हो जाए।'

'फिर तो मैं अपने पिता से कहूंगी कि वह मेरे साथ ही तुम्हें भी उसे दे दें। ऐसा होने पर तुम सभी भी मेरे साथ बनी रहोगी।'

यह सुनते ही सखियां घबरा गईं, "नहीं-नहीं, ऐसा न करना। हमें लज्जा हो रही है। यह ठीक नहीं।"

'इसमें गलत क्या है? क्या वह अकेले मुझसे विवाह करेगा? उसे तो अनेक दैत्य-दानव राज अपनी-अपनी कन्याएं देंगे। वह तो अनेक विद्याधर

कन्याओं से भी विवाह करेगा ही। तुम भी उनके साथ विवाहित हो जाओगी तो अच्छा ही है। ऐसे में, फिर हम सब एक साथ आनंद करेंगी। लज्जा की क्या बात है, यह सब मेरे माध्यम से होगा।'

"तुम पर आसक्त उसकी यह वार्ता सखियों से चल ही रही थी कि मैं अदृश्य रूप में तुम्हारे पास आ गया।"

सूर्यप्रभ ने प्रहस्त से यह सब सुना, तो फिर सारी रात जागकर ही काटी। सुबह होते ही सुनीथ, मय तथा अनेक मंत्री साथ में लेकर सूर्यप्रभ असुर राज प्रह्लाद से मिलने जा पहुंचा।

उनके पहुंचते ही दैत्यराज प्रह्लाद ने सुनीथ से कहा, "मैं अपनी बेटी को इस सूर्यप्रभ के लिए दे रहा हूं। मुझे इसका सत्कार भी करना है और कुछ तुम्हारे लिए भी अच्छा करना है।

सुनीथ ने यह सुना, तो प्रह्लाद की बात की सहमति जता दी।

बस, फिर क्या था, प्रह्लाद ने विवाह वेदी पर बैठा कर महल्लिका का विवाह सूर्यप्रभ से करा दिया। इस अवसर पर उसने देवताओं से जीते रत्न और माणिक्यों के ढेर अपने दामाद को भेंट किए।

महल्लिका की प्रसन्नता देखते ही बनती थी। उसने अपने पिता से कहा, "पिता जी, आप मेरी इन बारह सखियों को भी इन्हें ही दे दीजिए।"

यह सुनकर प्रह्लाद ने कहा, "बेटी, वे कन्याएं तो मेरे भाई ने अपहरण कर बंदी बनाई हैं। वे उसी के अधीन हैं, मैं उन्हें नहीं दे सकता।"

विवाह उत्सव सम्पन्न हो गया तो सूर्यप्रभ महल्लिका के साथ शयनकक्ष में चला गया। वहां वे दोनों प्रसन्नमन काम-केलि करते रहे।

दूसरे दिन जब प्रह्लाद की सभा में सभी सभाजन पधार गए, तब दानवराज अमील ने कहा, "आज आपको मेरे निवास पर पधारना चाहिए। वहां में राजा सूर्यप्रभ का आतिथ्य-सत्कार करने वाला हूं। और, यदि आप ठीक समझें, तो मैं कलावती नाम की अपनी बेटी को भी उसे देना चाहता हूं।"

उसका यह कहना था कि सभी बोल उठे–"ठीक तो है यह! बस फिर क्या था, मय, सुनीथ व सूर्यप्रभ सहित सब दूसरे पाताल को चल दिए।

वहीं फिर राजा अमील ने कलावती का विवाह सूर्यप्रभ के साथ कर दिया। सूर्यप्रभ ने विविध भोगों के साथ वहां पूरा दिन बिताया।

दूसरा दिन आया तो असुरराज दुरारोह ने उन सभी के अपने पांचवें पाताल में निमंत्रित किया। वहां जाने पर सूर्यप्रभ का विवाह दुरारोह की बेटी कुमुदवती से करा दिया गया।

दिन भर सूर्यप्रभ अपने परिजनों के साथ वहां आनंद करता रहा और रात के समय कुमुदवती के साथ शयन कक्ष में चला गया। कुमुदवती और सूर्यप्रभ की वह रात बड़े आनंद में गुजरी।

सुबह होते ही सातवें पाताल के राजा तन्तुकच्छ ने सभी को अपने यहां आमंत्रित किया। उसकी बेटी मनोवती थी, जो सोने जैसे वर्ण और रत्न आदि से अलंकृत रहती थी। सूर्यप्रभ वहां पहुंचा, तो तन्तुकच्छ ने उसका विवाह मनोवती से करा दिया। दिन भर आमोद-प्रमोद में बीता और फिर रात को सूर्यप्रभ मनोवती के साथ शयनागार में चला गया।

अगले दिन असुरराज सुमाय आ पहुंचा। उसने सभी को सूर्यप्रभ के साथ छठे पाताल में आमंत्रित किया। वह दूब जैसे रंग वाली श्यामवर्णा सुभद्रा उसकी बेटी थी। सुमद्रा का विवाह भी सूर्यप्रभ से करा दिया गया। वह पूरा दिन सूर्यप्रभ श्यामा के साथ सुख से रहा।

दूसरे दिन प्रातः राजा बली आ पहुंचा। वह सूर्यप्रभ और उसके साथ सभी को तीसरे पाताल में ले गया। वहां नए मूंगे के समान आभा बिखेरती उसकी बेटी सुन्दरी थी। बलि ने सुंदरी का विवाह सूर्यप्रभ से करा दिया। सुन्दरी के साथ सूर्यप्रभ ने तीसरे पाताल में आनंद-भोग किया।

अगली सुबह, आते ही मयासुर ने चौथे पाताल आने का निमंत्रण दे डाला। सूर्यप्रभ वहां पहुंचा, तो रत्नजड़ित महलों की माया देखकर दंग रह गया। वहां अत्यंत सुंदर मयासुर की बेटी सुमाया के साथ उसका विवाह करा दिया गया। विवाह के बाद सूर्यप्रभ सुमाया के साथ आनंदपूर्वक रहने लगा। सूर्यप्रभ ने अनेक असुर कन्याओं से विवाह हो जाने के कारण अपनी विद्या के प्रभाव का प्रयोग किया। वह इस विद्या के प्रभाव से एक ही समय में अनेक असुर कन्याओं के साथ आंनद-भोग करता रहा। बस, उसने सावधानी यह बरती कि अपने यथार्थ शरीर से वह असुरराज प्रह्लाद की बेटी महल्लिका के साथ ही रहता।

एक रात उसने महल्लिका से संवाद के बीच पूछा, "प्रिय, उस दिन तेरे साथ जो सखियां आई थीं, वे कौन थीं? कहां से थीं? अब नजर क्यों नहीं आ रहीं?"

"अरे, तुमने ये बड़ा अच्छा किया जो मुझे उनकी याद दिला दी। अरे, वो दो ही थोड़े हैं। ऐसी तो मेरी बारह सखियां हैं। उन्हें स्वर्ग से अपहृत कर मेरे चाचा लाए थे। उनमें अमृतप्रभा और केशिनी हैं पर्वत मुनि की बेटियां। तीसरी, चौथी और पांचवीं क्रमशः कालिंदी, मुद्रिका और दर्वकमाला महामुनि देवल की बेटियां हैं। हाहा नाम के गंघर्व की कन्याएं हैं—सौदामिनी व उज्जवला। पीवरा है हुहू नाम के गंधर्व की बेटी और अंजनिका है काल की बेटी। केसरावली पिंगल से उत्पन्न है और मलिनी है कम्बल की बेटी। अंतिम और बारहवीं सखी वसु की बेटी मदालसा है। वह अपसरा से उत्पन्न हुई है। मेरे विवाह के समय वे सभी पाताल ले जाई गईं। उन्हें मैं तुम्हारें लिए ही दे दूंगी, ताकि उनके साथ मैं भी सुख से रह सकूं।

"मैं उन्हें इतना चाहती हूं कि मैंने उसने ऐसी ही प्रतिज्ञा भी की है। पिता से भी मैंने कहा था कि वे उन्हें आपको दे दें। किंतु उन्होंने भाई के कारण तब ऐसा नहीं किया।" महल्लिका ने सूर्यप्रभ से कहा।

यह सुनकर सूर्यप्रभ लज्जित स्वर में बोला, "तुम बड़ी प्रभावी और उदारआशया हो। यह तुम्हीं कर सकती हो!"

महल्लिका ने क्रोधावेश में कहा, "हर रोज मेरे ही सामने नए-नए विवाह कर रहे हो... और मेरी ही सखियें को नहीं चाहते! मैं तो उनके बगैर रह ही नहीं सकती।"

महल्लिका का यह कहना था कि सूर्यप्रभ उसकी सखियों को अपनाने को तैयार हो गया।

जब वह तैयार ही हो गया तो महल्लिका उसे पहले पाताल में ले गई। वहां उसने अपनी उन सभी सखियों को सूर्यप्रभ को सौंप दिया। सूर्यप्रभ भी उनके साथ रात्रि के समय काम-क्रीड़ा करने लगा। लेकिन जैसे ही सुबह होती, वह उन सभी को प्रभास द्वारा रसातल में छिपवा देता।"

कभी-कभी वह अदृश्य बनकर महल्लिका के साथ वहां पहुंच जाता।

एक दिन मय और सुनीथ प्रहूलाद की सभा में बैठे थे। प्रहूलाद ने उनसे कहा, ''तुम सभी को दिति और दनु मां के दर्शन कर आने चाहिए!''

मय व सुनीथ के साथ सूर्यप्रभ भी रसातल से निकल गया। उन्होंने ध्यान किया तो भूतासन उपस्थित हो गया। वे उस पर बैठकर सुमेरू की चोटी पर विराजमन कश्यप ऋषि के आश्रम जा पहुंचे।

आश्रम में उनका खूब सत्कार हुआ। कुछ देर बाद उन्होंने एकसाथ बैठी दिति और दनु के दर्शन किए। उन्होंने उन्हें, अपने मस्तक चरण पर रखकर प्रणाम किया। असुरों और दानवों की इन मांओं ने अपने साथियों सहित आए पुत्र मय को देखकर प्रसन्नता व्यक्त की और खुले मन आशीर्वाद दिया। उन्होंने कहा, ''बेटा, पुनःजीवित हुए सुनीथ के साथ तुम्हें देख कर हम बहुत प्रसन्न हैं। हमारी आंखें सफल हो गईं। यह तुम्हारे पुण्य का प्रताप है। सूर्यप्रभ स्वरूप दिव्य तेज वाले असाधारण गुणी और भावी कल्याणमय सुमुंडीक को देख हमारे संतोष व आनंद की कोई सीमा नहीं है। अब तुम लोग उठो और आर्यपुत्र कश्यप प्रजापति का दर्शन कर आओ। इससे तुम्हारी कार्य सिद्धि हो जाएगी। वह जो कहें, उसे मानकर तुम्हारा कल्याण होगा।''

इसके बाद सभी ने जाकर कश्यप प्रजापति के दर्शन किए। उनका वर्ण शुद्ध सोने-सा और मुख अद्भुत दीप्ति से चमक रहा था। अग्नि की ज्वाला की तरह उनकी जटाएं पीले रंग की थीं। वह स्वयं भी अग्नि की तरह दुर्घर्ष प्रतीत हो रहे थे।

वे सब उनके चरणों के पास बैठ गए। मुनि ने उन्हें देखा तो बड़े संतोष व प्रसन्नता से कहा, ''तुम सब को आज देखकर मुझे बड़ा आनंद हो रहा है। मय, तू प्रशंसा के योग्य है। सभी विद्याओं का जानकार है और सत्य पर अडिग रहा है। सुनीथ, तू धन्य है। तूने बीते जीवन को प्राप्त कर लिया है। सूर्यप्रभ, तू भी धन्य है क्योंकि तू आकाशचारी विद्याधरों का चक्रवर्ती बनेगा। तुम सबको धर्म का अनुसरण करना चाहिए। इससे तुम्हें असीम ऐश्वर्य व सुख मिलेगा। शत्रुओं से पहले जैसी पराजय तुम्हें नहीं मिलेगी। जिन असुरों ने धर्म का उल्लंघन किया था, वे विष्णु के चक्र के प्रभाव में आ गए थे।''

इसके बाद वह सुनीथ से बोले, ''देवताओं द्वारा मारे गए असुर ही मनुष्य-शरीर लेकर धरती पर आए हैं। तुम्हारा छोटा भाई सुमुंडीक ही अब

सूर्यप्रभ के रूप में आया है। इसके अन्य मित्र भी इस जन्म में इसके बंधु-बांधव बने हैं। शम्बर नाम का महाअसुर ही अब प्रज्ञाढ्य नाम का इसका मंत्री बना है। त्रिशिरा नाम का असुर सिद्धार्थ नाम का मंत्री बना है। वातापि नामक असुर ही प्रज्ञाढ्य नामक इसका मंत्री हो गया है। उलूक नामक दानव अब शुंभकर नाम से इसका मित्र बना है। बीतिभीति नामक इसका मित्र पूर्व में काल नाम का दानव था। प्रभास नामक मित्र पूर्व में दैत्य प्रबल था। इस महासत्वशाली ने देवताओं की प्रार्थना की उपेक्षा करने के बाद अपने शरीर को खण्ड-खण्ड कर अवतार ले लिया। इससे कई प्रकार के रत्न उत्पन्न हुए। इससे संतुष्ट होकर चंद्रिका ने इसे दूसरे शरीर के अनुकूल कर दिया। अब यह अपने शत्रुओं के लिए मुसीबत बन गया है।''

अब वह दानवों के बारे में बताने लगे, ''सुंद और उपसुंद नाम के दो दानव थे। वही अब सर्वदमन और भयंकर नाम के उसके मित्र मंत्री हो गए हैं। असुर हयग्रीव व विकटाक्ष अब स्थिरबुद्धि व महाबुद्धि नाम के मंत्री बने हैं। सूर्यप्रभ के ससुर व अन्य बंधु भी पूर्व जन्म में असुर ही तो थे। उन्होंने इन्द्र आदि देवों को कई बार परास्त किया था। समझ लो कि अब तुम्हारा पक्ष बढ़ गया है। धैर्य रखने और धर्माचरण करने से तुम्हें परम सुख व समृद्धि मिलेगी।''

अभी कश्यप ऋषि यह सब बता ही रहे थे कि तभी वहां ऋषि-पत्नी अदिति अदिदक्ष कन्याएं आ पहुंचीं। वे मध्याह्न की धार्मिक क्रियाओं के लिए आई थीं। कुछ देर बाद ही लोक पालों के साथ इन्द्र भी वहां आ पहुंचा।

इन्द्र ने सूर्यप्रभ को वहां देखा, तो क्रोध में बोला, ''लगता है, यही है जो विद्याधरों का चक्रवर्ती बनना चाहता है। यह इसी से संतुष्ट क्यों हो गया! इन्द्र का पद क्यों नहीं चाहता?''

यह सुनकर मय ने कहा, ''देवराज, प्रभु ने तुम्हारे लिए देवताओं का चक्रवर्ती पद और इसके लिए विद्याधरों का चक्रवर्ती पद बनाया है।''

इस पर इन्द्र उपहास करता-सा बोला, ''इतने विलक्षण व्यक्तित्व के धनी के लिए तो विद्याधर चक्रवर्ती का पद बहुत छोटा है।''

अब मय से भी रहा न गया, ''जब विद्याधरों का चक्रवर्ती श्रुतशर्मा हो सकता है। तब फिर ये तो निश्चित रूप से इन्द्र पद जाने के योग्य है ही।''

यह सुनना था कि क्रुद्ध हुआ इन्द्र अपना वज्र संभालने लगा और उठ खड़ा हुआ। उसे ऐसा करता देख कश्यप मुनि ने क्रोध दिखाया, तो वह रुक गया। लेकिन तब तक लाल मुख किए क्रोध में धिक्कारने वाली मुद्रा में दिति व दनु आदि मुनि-पत्नियां भी सामने हो आईं। इन्द्र को लगा कि कहीं क्रुद्ध होकर कोई शाप ही न दे बैठे, अतः वह नीचा मुंह कर उसी स्थान पर बैठ गया।

देवों व असुरों के पिता कश्यप व उसकी पत्नियों को प्रसन्न करने के लिए कुछ ही देर बाद इन्द्र स्तुति करने लगा। उसने विनम्र स्वर में कहा, "मैंने श्रुतशर्मा को विद्याधरों का चक्रवर्ती पद प्रदान किया है। अब यह सूर्यप्रभ उसे हरना चाहता है। साथ में यह मय उसकी हर प्रकार से सहायता को प्रस्तुत है।"

यह सुन कश्यप ऋषि इन्द्र से बोले, "देखो, तुम्हें श्रुतशर्मा अच्छा लगता है। जबकि सूर्यप्रभ है शिव का चेहता। मेरे न चाहने पर भी शिव जी ने मय को आज्ञा प्रदान की है। अब तुम ही बताओ कि मेरा इसमें भला क्या दोष होगा! मय सदा धर्माचरण करने वाला और ज्ञानी है। यह सदा विनम्रता से व्यवहार करता है। इसका अहित करने पर, मेरे क्रोध की अग्नि तुम्हें भस्म ही कर डालती। तुम अभी इसके प्रभाव को जानते नहीं हो!"

पत्नियों की उपस्थिति में कश्यप मुनि ने इन्द्र से ऐसा कहा तो वह मुंह नीचा कर बैठ गया। तब इन्द्र की मां अदिति कहने लगीं, 'जरा श्रुतशर्मा को लाकर तो दिखा दो, कैसा है वह?"

यह सुनते ही इन्द्र ने मातलि के माध्यम से श्रुतशर्मा को वहीं बुलवा लिया।

श्रुतशर्मा वहां आ पहुंचा, तो ऋषि पत्नियों ने कश्यप प्रजापति से पूछा, "इन दोनों अर्थात् श्रुतशर्मा व सूर्यप्रभ में सुंदर रूप व लक्षणों वाला कौन होगा?"

कश्यप ने उत्तर दिया, "यह श्रुतशर्मा तो सूर्यप्रभ के मंत्री प्रभास के बराबर भी नहीं। सूर्यप्रभ से तो इसकी तुलना ही व्यर्थ है। सूर्यप्रभ में तो ऐसे गुण हैं कि यदि वह प्रयत्न कर ले तो इन्द्र पद भी पा सकता है।"

यह सुनना था कि सभी कश्यप की बात को सही बताने लगे। तभी कश्यप ने इन्द्र के सामने मय को यह वरदान भी दे दिया—"हे पुत्र, इन्द्र द्वारा शस्त्र उठा लेने पर भी तू सहिष्णु बना रहा। तूने जरा भी क्रोध प्रकट नहीं किया।

अब तेरे सभी अंग वज्रमय हो जाएंगे। तू कभी मारा नहीं जाएगा। तेरे ये पुत्र, सुनीथ व सूर्यप्रभ भी सदा अजेय रहेंगे। और यह सुवास कुमार चंद्रमा के समान है। मेरा यह पुत्र किसी भी आपत्ति में या रात्रिकाल में तुरंत उपस्थित होकर तुम्हारी मदद करेगा।''

इसके बाद मुनि पत्नियों ने भी उसी समय मय और उनके साथियों को वरदान दिए।

इन्द्र की मां अदिति कहने लगी, ''अरे इन्द्र, उद्दंडता छोड़। मय को प्रसन्न कर। तुमने विनम्रता का फल देख ही लिया। देखा न, मय को कितने सुंदर वरदान प्राप्त हुए।''

यह सुनना था कि इन्द्र ने मय को प्रेम से पकड़कर प्रसन्न कर दिया। सभी ने देखा– सूर्यप्रभ के सामने श्रुतशर्मा दिन में निकला चंद्रमा-सा लग रहा था।

इसके बाद इन्द्र अपने लोक को गया और मय के साथ अन्य सभी अपने-अपने निवास के लिए चल दिए।

## प्रयत्न सूर्यप्रभ के

सुनीथ, सूर्यप्रभ और उनके साथी कश्यप आश्रम से निकले तो फिर चलते-चलते चन्द्रभामा और इरावती के संगम पर जा पहुंचे। वहां सूर्यप्रभ के मित्र, परिवारजन और ससुराल पक्ष के लोग प्रतीक्षा कर रहे थे। सूर्यप्रभ नजर आया तो वे रोते हुए उसके सामने हो आए।

तब चन्द्रप्रभ के न दिखने से आंशकित मन उन लोगों को सूर्यप्रभ ने ही सारा समाचार विस्तार से बता दिया। फिर सूर्यप्रभ ने जब उन सब से जानना चाहा तो उन्होंने श्रुतशर्मा का वृत्तांत किसी तरह उसे सुना डाला। इसमें श्रुतशर्मा द्वारा उनकी सारी मर्यादाओं के अपहरण का किस्सा भी शामिल था। उन्होंने यह भी कहा कि कैसे श्रुतशर्मा द्वारा अपमान किए जाने के बाद दुखी हो कर वे मरने तक की सोच बैठे थे। किंतु तभी एक आकाशवाणी ने उन्हें ऐसा करने से रोक दिया।

सूर्यप्रभ ने जब यह सब सुना तो वह गुस्से से भर उठा, उसने यह प्रतिज्ञा की कि अब वह श्रुतशर्मा का सर्वनाश करके ही रहेगा। भले ही उसे बचाने

को स्वयं ब्रह्मा ही क्यों न आ जाएं! उसे क्रोध इस बात पर भी था कि श्रुतशर्मा दूसरों की स्त्रियों का अपहरण करने में वीरता समझता है।

अपनी यह प्रतिज्ञा पूरी करने के लिए सूर्यप्रभ ने ज्योतिषियों से मुहूर्त निकलवाकर सातवें दिन का लग्न तय कर लिया। जब उसका यह दृढ़ निश्चय देखा, तो उससे मय ने कहा, "अब यदि तुम सच में युद्ध के लिए तत्पर हो, तो मैं तुम्हें बताना चाहता हूं कि मैंने स्वयं अपनी माया से तुम्हारी स्त्रियों को पाताल में रखा है। मैं जानता था कि ऐसा करने से ही तुममें विजय का उत्साह आएगा। अग्नि तब तक प्रचंड रूप में नहीं फैलती, जब तक उसे वायु की प्रेरणा न मिले।"

मय का यह कहना था कि सभी बड़े प्रसन्न हो गए। उनकी प्रसन्नता देख मय कहने लगा, "तुम लोग पाताल में चलो! मैं तुम्हारी पत्नियां दिखा देता हूं।"

बस, यह सुनते ही सब के सब मयासुर के साथ उसी पुराने रास्ते से चौथे पाताल की ओर बढ़ चले।

चौथे पाताल पहुंचने पर मय एक भवन से मदनसेना सहित सभी स्त्रियों को ले आया। उसने उन सबको उन्हें सौंप दिया। देखते-देखते सारा वातावरण ही परिवर्तित हो गया।

अब सब खुशी-खुशी प्रह्लाद के दर्शन के लिए चल पड़े। वहां पहुंचे, तो मय ने कश्यप से सूर्यप्रभ को मिले वरदान की चर्चा क्या की, प्रह्लाद ने कृत्रिम क्रोध में सूर्यप्रभ की परीक्षा लेनी चाही। उसने शस्त्र उठाकर सूर्यप्रभ की ओर देखा और कहने लगा, "रे पापी, सुना है, तूने मेरे भाई द्वारा अपहृत कर लाई बारह कन्याओं का अपहरण किया है। अतः मैं अब तुझे नहीं छोडूंगा।" लेकिन सूर्यप्रभ जरा भी क्रोधित न हुआ। उलटे कहने लगा– "मेरा समस्त शरीर आपके ही अधीन है। आप मुझे उद्दंड को दंडित करें।"

यह सुनकर प्रह्लाद हंसने लगा। उसने कहा, "मैं तो, बस तेरी परीक्षा ले रहा था। देख लिया कि तुझमें तो जरा भी अभिमान नहीं। मैं तुझ से प्रसन्न हूं। वर मांग ले!"

सूर्यप्रभ कहने लगा, "आप मुझे बस यह वर दें कि शिव एवं गुरुजनों में मेरी आस्था बनी रहे।"

प्रह्लाद सहित सभी बड़े प्रसन्न हुए। तब प्रह्लाद ने अपनी दूसरी बेटी यामिनी भी सूर्यप्रभ को दे दी। यही नहीं, उसने युद्ध में सहायता के लिए उसे अपने दो बेटे भी दे दिए।

सभी असुरराजों के प्रति सम्मान प्रदर्शित करता सूर्यप्रभ सभी परिजनों के साथ कुछ दिन वहीं रहा। एक दिन वह मय के साथ बैठा हुआ था। तभी उसे पता चला कि सुनीथ की तीनों पत्नियों सहित सभी स्त्रियां गर्भवती हो चली हैं। जब उनसे पूछा गया कि वे क्या चाहती हैं? तो उत्तर मिला– 'हम तो महायुद्ध देखने की इच्छुक हैं।'

मयासुर यह सुनकर बड़ा प्रसन्न हुआ। उसने कहा–"जो असुर कभी देव-दानव युद्ध में हताहत हो गए थे, वे असल में अब इनके गर्भ में आ बिराजे हैं।"

सातवें दिन मय, सूर्यप्रभ के साथ सभी स्त्रियों को लेकर गुफा के द्वार पर आ पहुंचे। जैसे ही वे सब वहां पहुंचे, सुवासकुमार ने उस समूचे मायाजन्य उत्पात को खत्म कर दिया जिसे विद्याधरों ने अपनी माया से उत्पन्न किया था।

इसके बाद राजा चन्द्रप्रभ के दूसरे बेटे रत्नप्रभ को धरती के राज्य पर प्रतिष्ठित करने के विधान संपन्न करने के बाद, सूर्यप्रभ व अन्य विमान भूतासन पर आरूढ़ हो कर विद्याधर राज सुमेरु के निवास की ओर चल दिए। मार्ग में मय ने कहा कि उन्हें पहले गंगातट के तपोवन जाना चाहिए।

बस, फिर सभी उधर ही चल दिए। उन्हें अपने निवास पर आया देख सुमेरु बड़ा प्रसन्न हुआ। उसने सभी का पूरे मन से स्वागत किया। मय के माध्यम से वह पहले ही समस्त वृत्तांत जान चुका था। उसने शिव की आज्ञा का स्मरण किया।

कुछ दिन वहीं रहते हुए सूर्यप्रभ अपने बंधु-बांधवों और सेना को एकत्र कर देखता रहा।

वहां सबसे पहले आए सूर्यप्रभ की पत्नी के भाई। वह विद्याओं को सिद्ध कर, मय द्वारा प्रेरित होकर वहां पहुंचे। हरिभट आदि वे संख्या में सोलह थे। उनमें प्रत्येक के साथ में दस-दस हजार रथ व बीस-बीस हजार पैदल सैनिक थे।

इसके बाद सूर्यप्रभ के ससुर तथा अन्य दैत्य-दानव संबंधी भी आने लगे।

इनमें, किसी के साथ दस हजार तो किसी के साथ आठ हजार रथ थे। किसी के साथ दस हजार पैदल सैनिक थे तो कोई तीन से छह लाख तक सैनिक लेकर आ पहुंचा। उनके साथ असंख्य हाथी व घोड़े भी थे। मय और सुनीथ की विशाल सेना तो थी ही। यही नहीं, सूर्यप्रभ और वसुदत्त की सेनाओं के साथ ही वहां सुमेरु विद्याधरराज की सेनाएं भी आ जुटीं।

यह देख मयासुर ने ध्यान किया तो सुवास कुमार उपस्थिति हो गया। उसे सामने पाकर मयासुर बोला, "इधर-उधर हो गई सेना को एक साथ देख पाना कठिन हो गया है। भगवन, आप ये बताइए कि इस सेना को एक साथ कहां से देखा जाए।"

तब सुवासकुमर ने बताया, "यहां से पूरे एक योजन दूर है कलाप नाम के गांव का एक खुला भाग। वहीं ले जाकर इस सेना का विस्तार देखो।"

यह सुनते ही, वे सब सुमेरु सहित अपनी-अपनी सेनाएं लेकर कलाप की ओर चल दिए। वहां पहुंचकर ही वे एक ऊंचे स्थान से इन सेनाओं को देख सके। इसी समय सुमेरु ने कहा– "श्रुतशर्मा तो अब भी सेना के मामले में हम से अधिक बलवान लगता है। उसके अधीन तो एक सौ से अधिक विद्याधरराज हैं। उनमें प्रत्येक बत्तीस प्रमुखों का स्वामी है। हां, यह अवश्य है कि मैं उनमें से कुछ को अपने साथ आने के लिए तोड़ लूंगा। इसलिए कल प्रातः हम वल्मीक नाम के स्थान पर जाएंगे। कल ही फाल्गुन मास की महातिथि कृष्णाष्टमी है। यही वह तिथिविशेष है जिसमें विद्याधरों के लक्षण स्पष्ट होते हैं। यही कारण है कि सभी विद्याधर इस तिथि को वहां अवश्य जाते हैं।

दूसरे ही दिन वे सब रथों पर सवार हो वल्मीक ग्राम की ओर चल दिए। यह ग्राम हिमालय के दक्षिणी शिखर पर स्थित था। वहां देखते क्या हैं कि सेनाओं की गहमागहमी के बीच अनेक विद्याधर उपस्थित हैं।

उन्होंने कुछ ही देर बाद देखा कि विद्याधर वहां हवन कुंडों में अग्नि प्रज्जवलित कर हवन करने लगे हैं। बहुत से विद्याधर उनके साथ जप कर रहे हैं।

यह देख कर सूर्यप्रभ ने वहां भी एक बड़ा अग्निकुंड बनवाया। अग्निकुंड बनते ही, उसके प्रभाव से ही अग्नि प्रज्जवलित हो गई। सुमेरु यह देख संतुष्ट

हो गया। वह तो संतुष्ट हो गया, किंतु विद्याघर ईर्ष्या से जल उठे। तभी उन विद्याघरों में से एक कहने लगा, "अरे सुमेरु, धिक्कार है तुम्हें। तुम अपने विद्याघरों का राजत्व छोड़ कर सूर्यप्रभ सरीखे मनुष्य के पीछे लगे हुए हो।"

यह सुनते ही सुमेरु आगबबूला हो गया। उसने उस विद्याघर को खूब सुनाई। सूर्यप्रभ ने पूछा कि वह है कौन, तो उसने बताया कि 'भीम नाम का एक विद्याघर है। कभी ब्रह्मा ने उसकी पत्नी को पाने की इच्छा की थी। उसी संसर्ग से इसका जन्म हुआ है। चूंकि इसका जन्म ब्रह्मा द्वारा किए गए गुप्त व्याभिचार से हुआ है, इसी कारण इसका नाम पड़ा ब्रह्मगुप्त। इसीलिए अपने जन्म की तरह से वचन भी वह बोल रहा है।'

इसके कुछ ही समय बाद सुमेरु ने भी एक हवन कुंड बनवाया और सूर्यप्रभ के साथ उसमें हवन करने लगा।

कुछ देर बाद ही हुआ यह कि धरती के भीतर से स्वतः हुए एक छिद्र से एक विशाल और भयंकर अजगर निकल कर बाहर आ गया। ब्रह्मगुप्त ने उस अजगर को देखा, तो वह अभिमानी उसे पकड़ने को चल दिया। चल तो दिया, किंतु अजगर ने ऐसी फुफकार मारी कि ब्रह्मगुप्त किसी सूखे पत्ते-सा सौ हाथ दूर जाकर गिरा।

यह देख विद्याघरों का दूसरा राजा तेजप्रभ अजगर को पकड़ने को दौड़ा। किंतु अजगर ने ऐसी फूंक मारी कि वह भी खूब दूर जाकर गिरा।

अब इसके बाद विद्याधरराज विरूपशक्ति उसे पकड़ने को पहुंचा। अजगर ने उसे भी किसी तिनके की तरह उड़ाकर दूर पहुंचा दिया।

एक-एक कर, सभी विद्याघर राजा अजगर को पकड़ने का प्रयत्न करते रहे और अजगर उन सभी को अपनी फुफकार से दूर फेंकता रहा। उनमें कुछ के अंग तो पत्थरों से टकराकर चूर-चूर हो गए। इसके बाद तो फिर उनके उठने का प्रश्न ही कहां उठता था। अब यह देख तो श्रुतशर्मा का क्रोध देखने योग्य था। वह क्रोधावेश में अजगर की ओर बढ़ने लगा। किंतु अजगर की फुफकार के सामने वह भी टिक न सका और दूर जाकर गिरा। गिरा तो उसके अंग चट्टान से टकराकर चूर-चूर हो गए। अब सुमेरु ने अजगर को पकड़ने के लिए सूर्यप्रभ को भेजा।

सूर्यप्रभ को अजगर की ओर जाता देख सभी विद्याघर हंसी उड़ाने लगे– "देखो तो जरा, अब यह उसे पकड़ने को चला है। मनुष्य भी बंदरों की ही तरह विचार शून्य होते हैं। दूसरों को जैसा करते देखते हैं, खुद भी वैसा ही करने लगते हैं।"

अभी वह हंस ही रहे थे कि सूर्यप्रभ ने अजगर को मुंह की ओर से पकड़ लिया। पकड़ ही लिया, तो फिर पूरा बाहर भी खींच लिया। सभी हतप्रभ से यह दृश्य देख ही रहे थे कि अजगर तरकश बन गया। वह तरकश बना और सूर्यप्रभ के सिर पर आकाश से फूलों की वर्षा होने लगी।

इधर पुष्प वर्षा हुई और उधर आकाशवाणी होने लगी, "हे सूर्यप्रभ, तुम्हारे लिए तो यह तूणीर-रत्न अब सिद्ध हो गया है। लो, इसे ग्रहण कर लो।"

यह सुन कर सभी विद्याघर लज्जित हो उठे। सूर्यप्रभ ने उस तूणीर-रत्न को ग्रहण कर लिया।

यह देख कर मय, सुमेरु, सुनीथ, सभी बहुत प्रसन्न हुए। कुछ समय बाद ही विद्याघरों की सेना के साथ श्रुतशर्मा भी चला गया, तो उसका दूत आकर सूर्यप्रभ से कहने लगा, "हमारे स्वामी श्रुतशर्मा का कहना है, यह तरकश मुझे दे दे! नहीं, तो तेरा जीवन संकट में पड़ सकता है।"

सूर्यप्रभ ने निडरता से उत्तर दिया, "जाओ दूत, तुम उससे कह दो कि मेरे बाणों से छिदा उसका शरीर ही तरकश बन जाएगा।"

दूत चला गया तो सभी श्रुतशर्मा की मूर्खतापूर्ण बातों पर हंसने लगे। इसके बाद सुमेरु ने सूर्यप्रभ को गले लगाकर कहा, "आज शिव जी की बात भाग्य से ही सिद्ध हो गई। इस तूणीर रत्न के सिद्ध हो जाने से तुम्हारी चक्रवर्तिता भी सिद्ध हो गई। चलो, अब धनुष रत्न को सिद्ध करें।"

सुमेरु यह कह कर चल दिया, तो उसके पीछे-पीछे सूर्यप्रभ तथ अन्य सभी हो लिए। अब वे हेमकूट पर्वत की ओर बढ़ रहे थे। चलते-चलते वे सब मानस सरोवर के पास जा पहुंचे। लगता था, जैसे वह समुद्र निर्माण के लिए ब्रह्मा का कोई साधन हो।

वहां देवांगनाएं जल क्रीडा कर रही थीं। उनके मुखों से जैसे सरोवर अपने आप को खिले हुए स्वर्ण-कमलों से छिपाने में लगा था।

अभी वे सब मानस सरोवर की सुंदरता देख ही रहे थे कि पीछे-पीछे श्रुतशर्मा व उनके विद्याधर भी वहीं आ पहुंचे।

इसके बाद सूर्यप्रभ और वे सब विद्याधर घी और कमल से हवन करने लगे। अभी हवन चल ही रहा था कि अचानक सरोवर से एक बादल निकल कर आ गया। बादल धीरे-धीरे ऊपर की ओर उठा और आसमान पर जाकर तेज बारिश करने लगा। बारिश अभी चल ही रही थी कि बादलों से एक भयंकर काला नाग निकला और धरती पर आ गिरा।

उसके गिरते ही सूर्यप्रभ ने सुमेरु को संकेत किया और सुमेरु ने उसे पकड़ लिया। पकड़ते-पकड़ते भी उस पर बाण बरसाए जाने लगे। वह बाणों से बुरी तरह बिंध गया तो फिर उसने एक धनुष का आकार धारण कर लिया।

इधर वह काला नाग धनुष बना ही था कि ऊपर से एक और नाग आ गिरा। उसके मुख से आग की लपटें और विष निकल रहा था। यह देख सभी आकाशचारी विद्याधर डर से कांपने लगे। सूर्यप्रभ ने उसे पकड़ा ही था कि वह तुरंत धनुष की डोर बन गया। इधर वह नाग डोर बना और उधर वह बादल भी अदृश्य हो गया।

बादल के अदृश्य होते ही भविष्यवाणी होने लगी— "हे सूर्यप्रभ, यह महाबलशाली धनुषरत्न अब तुझे सिद्ध हो गया है। इसके साथ जो डोर लगी है, वह भी कभी न टूटने वाली है। इन दोनों सिद्ध हुए रत्नों को तू स्वीकार कर ले!"

यह सुनते ही सूर्यप्रभ ने उन दोनों रत्नों को स्वीकार कर लिया। यह देख कर निराश श्रुतशर्मा भी अपने अनुचरों को लेकर व्याकुल मन से तपोवन की ओर चला गया। यह दृश्य देख मय, सुनीथ और सूर्यप्रभ की खुशी का कोई ठिकाना न रहा।

कुछ समय बाद ही सुमेरु उस धनुष की उत्पत्ति के बारे में बताने लगा, "यहां पर बांसों का एक अद्‌भुत वन है जो हवा से आवाजें निकालता है। उस वन से काटकर बड़े-बड़े बांस इस सरोवर में फेंके जाते हैं। यही बांस फिर दिव्य धनुषों का आकार ग्रहण कर लेते हैं। बहुत पहले, उन्हीं धनुषों को देवताओं, असुरों, गंधर्वों और विद्याधरों ने अपने लिए सिद्ध किया है। इनके अलग-अलग नाम भी हैं। इसी सरोवर में देवताओं ने अमृतबल नाम के धनुष भी छोड़े

हैं। वे सब चक्रवर्तियों के धनुष हैं। ये धनुष बड़ी कठिनाई से, ईश्वर कृपा होने पर ही, भावी चक्रवर्तियों को सिद्ध हो मिल पाते हैं। उन्हीं में से चक्रवर्ती धनुष आज सूर्यप्रभ को प्राप्त हुआ है। अब उसके प्रभास सहित अनेक मित्र भी अपने-अपने अनुरूप धनुषों के लिए साधना कर लें। योग्य और सिद्धविद्यों को ही धनुष प्राप्त हो पाते हैं।''

यह सुनते ही सूर्यप्रभ के मित्र बांसों के उस वन की ओर बढ़ गए। उन्होंने पहले ते उस वन के रक्षक चंड-दंड को पराजित किया, फिर वन से बांस लेकर आ गए। लाए गए बांसों को उन्होंने सरोवर में फेंक दिया। इसके बाद वे सब सरोवर के पास ही बैठकर हवन और जप करने लगे। सात दिन के भीतर ही उन्हें भी धनुष सिद्ध हो गए।

धनुष सिद्ध होने के बाद वे सब सूर्यप्रभ से जाकर मिले। सूर्यप्रभ उनका समाचार जानकर बहुत खुश हुआ। इसके बाद वे सब मय के साथ सुमेरु के तपोवन में लौट गए। तपोवन में लौटते ही सुमेरु उनसे कहने लगा, ''तुम्हारे मित्रों ने वेणु-दंड के रक्षक चंड-दंड को पराजित कर दिया, यह बड़े आश्चर्य की बात है।''

तभी एक आकाशवाणी हुई– ''यह चक्रवर्ती विमान तुम्हें सिद्ध हुआ है। इसके सभी नगरों में तुम अपनी रानियां रखोगे, तो वे सब शत्रु-बाधा से बची रहेंगी।''

यह सुनकर सूर्यप्रभ ने गुरु याज्ञवल्क्य से पूछा, ''आप आज्ञा करें, मैं किस प्रकार आपको गुरुदक्षिणा अर्पित करूं?''

''तुम उस समय मुझे याद करना जब तुम्हारा चक्रवर्ती अभिषेक हो रहा हो। यही मेरी दक्षिणा समझो। बस, अब तुम अपने सैन्य शिविर में चले जाओ।''

सूर्यप्रभ ने याज्ञवल्क्य को प्रणाम किया और अपने उस दिव्य विमान पर सवार हो, सुमेरु के आश्रम में स्थित अपने सैन्य शिविर में जा पहुंचा।

वहां उसे उसकी उपलब्धियों पर मय, सुमेरु और सुनीथ ने बधाई दी।

कुछ देर बार ही सुनीथ ने सुवासकुमार का स्मरण किया। सुवासकुमार तुरंत ही उपस्थित हो गया। उसने वहां उपस्थित सभी राजाओं से कहा–''जब सूर्यप्रभ को विमान सहित सभी विद्याएं सिद्ध हो चुकी हैं, तो आप अब शत्रु पर विजय प्राप्त करने के काम में देरी क्यों कर रहे हैं?''

उसकी बात सुनकर मय कहने लगा, “ठीक ही कहा है आपने। किंतु क्या पहले दूत को भेजना ठीक न रहेगा। यहां हमें नीति के अनुसार ही चलना चाहिए।

“ऐसा ही करो। इसमें क्या बुराई है। प्रहस्त को दूत बनाकर भेज दो। वह प्रतिभावान है, गंभीर है और कार्य-काल की स्थिति को समझता भी है। वह कठोर भी है व सहिष्णु भी। उसमें एक आदर्श दूत के सभी गुण विद्यमान हैं।”

सुवासकुमर की इन बातों पर श्रद्धा रख मय आदि ने संदेश देकर प्रहस्त को श्रुतशर्मा के पास भेज दिया।

जब प्रहस्त संदेश लेकर चला गया, तो सूर्यप्रभ ने अपने संगी-साथियों से कहा– “मैंने आज बड़ा कौतुक भरा स्वप्न देखा है। आज रात्रि के अंतिम समय में मैंने स्वप्न देखा कि हम सब के सब बड़ी तेज जल की धारा में बहे चले जा रहे हैं। बहते-बहते ही हम सब का नृत्य चल रहा है। जल है, नृत्य है, किंतु डूबता कोई भी नहीं। कुछ समय बाद ही, देखता क्या हूं कि जल का प्रवाह विपरीत वायु के कारण परिवर्तित हो गया। तभी एक दिव्य पुरुष ने आकर हम सब को जलधारा में से बाहर निकाल लिया। निकाल तो लिया, किंतु फिर उसने हमें अग्नि में फेंक दिया। अग्नि में भी हम सुरक्षित रहे। कुछ ही समय बाद घनी घटा घिरने लगी। किंतु उसने जल के स्थान पर रक्त की बारिश कर दी। उससे समूची दिशाएं लाल हो गईं। बस, उसी क्षण रात समाप्त हुई और मेरी नींद भी टूट गई।”

यह सुनकर सुवासकुमार कहने लगा, “यह स्वप्न तो कड़े परिश्रम द्वारा अभ्युद्‌य की सूचना देता लग रहा है। इस स्वप्न में जल का प्रवाह संग्राम का सूचक था तो न डूबना धैर्य का। बहते-बहते, नाचते-नाचते हुए तुम सबको हवा ने विपरीत दिशा में मोड़ दिया, वह समझ लो कि कोई है जो तुम्हें शरण दे रहा है। ऊर्ध्वरेता तेज से जलते हुए पुरुष तो साक्षात शिव ही है। उन्होंने ही तुम्हें फेंका अग्नि में और महासंग्राम में जूझने को विवश किया। बादलों का घुमड़ना था मय का सूचक और रक्तवृष्टि थी मय के विनाश की सूचक। इसी तरह दिशाओं की लालिमा का अर्थ था कि बस, अब तुम्हारा अभ्युदय हुआ ही चाहता है।

सपने कई तरह के होते हैं। अन्यार्थ, यथार्थ और अपार्थ। तुरंत फल देने वाला होता है–अन्यार्थ। प्रसन्नमन देवता का आदेश-आशीष मिलने का अर्थ है– यथार्थ और गंभीर अनुभव और चिंता से हुआ स्वप्न है–अपार्थ।

जो मनुष्य रजोगुण प्रधान अथवा बाहरी विषयों से विमूढ़ होता है, वह नींद में इन्हीं कारणों से स्वप्न देखता है। सपने का फल देरी से या जल्दी मिल जाने का कारण समय-भेद होता है। रात के आखिरी समय में देखा स्वप्न तुरंत फलदायी होता है।

सूर्यप्रभ ने जब यह वृत्तांत मुनि कुमार से सुना, तो वह बड़ा खुश हुआ। इसके बाद वह और उसकी साथी अपनी-अपनी दैनिक क्रियाएं करने लगे।

कुछ समय बाद ही प्रहस्त श्रुतशर्मा के पास से लौट आया। मय सहित सभी उससे वहां का हाल पूछने लगे। प्रहस्त ने बताया, ''यहां से मैं बड़ी तेजी से त्रिकूट पर्वत पर बनी सोने की त्रिकूट-पताका नामक नगरी को पहुंचा। वहां द्वारपाल द्वारा सूचना भेजकर अपने आने की सूचना दी। जब मुझे बुलवाया गया, तो वहां पहुंचकर देखता क्या हूं कि विद्याधर राजाओं से घिरा श्रुतशर्मा विराजमान है।

उसके पास पिता त्रिकूट, सेनापति विक्रमशक्ति, शूरवीर दामोदर बैठे हुए थे। जब मैंने आसन ग्रहण कर लिया, तब श्रुतशर्मा से कहा– ''दूत के रूप में मुझे आपके पास भेजा है श्रीमन सूर्यप्रभ ने। उनका संदेश है कि 'मैंने शिव जी की कृपा से विद्या, रत्न, भार्या तथा सहायक सिद्ध कर लिए हैं। अब इन विद्याधरों के साथ तुम भी आकर मेरी सेना में मिल जाओ। मैं विरोधियों का नाश करता हूं और विनम्र लोगों की रक्षा करता हूं। तुमने अजाने में सुनीथ की बेटी चूड़ामणि का अपहरण कर लिया है। उसे छोड़ दो। ऐसा करना ठीक नहीं है।''

मेरे द्वारा यह संदेश देने पर वे सब नाराज हो गए। कहने लगे– ''वह होता कौन है जो अभिमानपूर्वक ऐसा संदेश भेज रहा है! उसे ऐसा संदेश देना ही है, तो मनुष्यों को दे। मनुष्य होकर भी वह ऐसा घमंड कर रहा है, नष्ट ही हो जाएगा बेचारा।''

इतना सुनते ही मैंने कहा, ''क्या बोले! कौन होता है! तो फिर सुन लो– शिव जी उन्हें अब तुम सब का चक्रवर्ती बना चुके हैं। वे मनुष्य हैं, तो क्या

हुआ! मनुष्य तो देवत्व भी सिद्ध कर चुके हैं ...और फिर विद्याधर भी तो उनकी वीरता व पराक्रम देख ही चुके हैं। यदि वह यहां पहुंच गए तो तुम लोगों का विनाश तय है।''

यह सुनना था कि सारी की सारी सभा बेहद क्षुब्ध हो गई। श्रुतशर्मा और धुरंधर तो मुझ पर आक्रमण करने को दौड़ पड़े। मैंने यह देखकर कहा, ''बस, यही है आपकी वीरता!'' यह सुनते ही दामोदर ने उन्हें रोक लिया। उसने उन्हें समझाया, ''दूत व ब्राह्मण अवध्य हैं। उन्हें मारना नहीं चाहिए।''

तभी विक्रमशक्ति ने मुझसे कहा– ''दूत, तुम अब जाओ। तुम्हारे स्वामी की ही तरह हम सब भी ईश्वरनिर्मित हैं। उसे आने दो, हम उसका आतिथ्य करने में समर्थ हैं।''

उसे गर्व सहित हंसते हुए देखकर मैंने कहा– ''पद्मवन में हंस बेफिक्र हो कर तभी तक चहकते हैं जब तक उन्हें आसमान में बादल दिखाई नहीं पड़ जाते!''

इसके बाद अवज्ञा से उठकर मैं वहां से चला आया।

प्रहस्त से यह सब सुनकर मय सहित सभी ने संतोष जाहिर किया।

इसके बाद सूर्यप्रभ ने युद्ध की तैयारी का निर्देश दे दिया और दुर्दभ प्रभास को बनाया सेनापति। सुवासकुमार से आज्ञा लेकर अन्य सभी नियमपूर्वक रण-दीक्षा लेने लगे।

रात में जब सूर्यप्रभ शयनकक्ष में पहुंचा, तो देखता क्या है कि एक सुंदरी जागी हुई बैठी है।

सूर्यप्रभ के सभी मंत्री सोए हुए थे, किंतु वह सुंदरी सूर्यप्रभ के पास आकर अपनी सखी से कहने लगी– ''हे सखि, जब इसकी विलासहीन आभा भी इतनी सुंदर है तो फिर जागृत अवस्था में यह कितनी सुंदर दिखती होगी! ऐसा करो, इसे जगाओ मत। हमारी नजरों की जिज्ञासा पूरी हुई। इसके साथ ज्यादा मन लगाकर दिल मिलाने से कोई लाभ नहीं।

''पता नहीं, श्रुतिशर्मा के साथ भावी युद्ध में किसका क्या रहेगा! युद्ध का तो उत्सव ही शूरों के विनाश के लिए होता है। इस सूर्यप्रभ का भी पता नहीं क्या होगा! इसका शुभ हो। इस आकाशचारी ने तो कामचूड़ामणि के दर्शन किए हुए हैं, मैं भला इसे क्या सुख दे सकूंगी!''

उसकी यह बात सुनकर उसकी सखि कहने लगी, "तू ऐसा क्यों कह रही है सखि! क्या तेरा दिल उससे लगा हुआ नहीं है? जिसने दर्शन मात्र में कामचूड़ामणि का दिल हर लिया हो, वह भला किसका दिल नहीं हरेगा! भले वह अरुंधति ही क्यों न हो! क्या तुझे अपनी विद्या के प्रभाव से यह नहीं पता कि युद्ध में इसका कल्याण ही होगा! और फिर सिद्धों ने भी तो तुम सभी को इसकी स्त्री बनाया है। कामचूड़ामणि, तू और सुप्रभा तो एक ही गोत्र में पैदा हुई हो। इसने इन्हीं दिनों तो सुप्रभा का विवाह किया है। तो क्या युद्ध इसके लिए शुभ नहीं होगा! सिद्ध-वाणी कभी बेकार नहीं जाती। सुप्रभा ने इसका दिल हर लिया है... उससे इसे क्या! क्या तू इसका दिल नहीं चुरा सकती! तू तो रूप में उससे ज्यादा सुंदर है! तुझे शंका अगर अपने बंधुजनों के कारण हो रही है, तो यह सही नहीं है। सतियों का बंधु तो सिर्फ पति होता है।"

सखी की ऐसी बातें सुनते ही वह सुंदरी कहने लगी, "हां सखि, तू ठीक ही कह रही है। मुझे दूसरे बंधुओं से क्या लेना-देना! विद्या के असर से मैं यह तो समझ ही रही हूं कि आर्यपुत्र ही युद्ध में विजेता बनेंगे। उन्हें विद्याधर चक्रवर्ती होने की वजह से सभी रत्नों की सिद्धि हो ही चुकी है। सिद्ध तो विद्याएं भी हो चुकी हैं, बस औषधियां सिद्ध होनी शेष हैं। बस, इसी से मन कुछ बेचैन है। सभी औषधियां पर्वत चंद्रपाद की गुफा में रखी हुई हैं। वे किसी ऐसे चक्रवर्ती को ही सिद्ध होती हैं जो पुण्यात्मा भी हो। अभी जाकर वह इन औषधियों को सिद्ध कर लेंगे, तभी कल्याण हो सकेगा। प्रातःकाल तो इनका युद्ध ही प्रारंभ हो जाएगा।"

यह सुनना था कि सोने का अभिनय करता हुआ सूर्यप्रभ उठ बैठा। उसने बड़े विनम्र स्वर में उस कन्या से कहा, "हे सुंदर आंखों वाली सुंदरी, तुमने मेरे प्रति स्नेह प्रकट किया है। अतः मैं अभी, इसी वक्त चंद्रपाद पर्वत की ओर जा रहा हूं। अब बस, तुम ये बता दो कि तुम हो कौन?"

यह सुनकर वह सुलोचना लजा गई और खामोश ही खड़ी रही। यह देख उसकी सखी कहने लगी, "यह है विद्याधर-राज सुमेरु के छोटे भ्राता की बेटी विलासिनी। यह तुम्हें देख लेने को बड़ी व्याकुल थी।"

इसके बाद सखि ने विलासिनी से कहा, "आओ, यहां से चलते हैं!" उनके जाते ही सूर्यप्रभ ने प्रभास सहित अन्य मंत्रियों को उठाया और औषधियों

की सिद्धि के बारे में बताया। उसने प्रहस्त को सुमेरु, मय तथा सुनीथ के पास भेजा।

इसके बाद, रात के समय ही सूर्यप्रभ चंद्रपाद पर्वत की ओर चल दिया। वह चल दिया, तो उसके रास्ते में बाधाएं खड़ी करने के लिए तत्पर हो गए– यक्ष, गुह्यक, कूष्मांड आदि। सूर्यप्रभ ने भी उनमें से कुछ को शस्त्रों से विवश कर डाला, तो कुछ को विद्या के प्रभाव से सम्मोहित कर दिया और बड़ी आसानी से चंद्रपाद जा पहुंचे।

अभी वह चंद्रपाद की उस गुफा के द्वार पर ही पहुंचे थे कि शिव जी के गणों ने उनका रास्ता रोक लिया।

उन्हें खड़ा देख सुवासकुमार ने सूर्यप्रभ को समझाया– "इनके साथ युद्ध नहीं करना। युद्ध किया, तो शिव नाराज हो जाएंगे। इन्हें प्रसन्न करना है, तो शिव के अष्टोत्तर शत नामक पाठ से वरदायक स्तुति करो।"

बस, फिर क्या था, सभी शिव-स्तुति में जुट गए। अपने स्वामी की इस स्तुति से प्रसन्न हुए गण सूर्यप्रभ आदि से कहने लगे– "अब तुम्हारा मार्ग हमने छोड़ दिया है। इस गुफा में जाओ और औषधियां ले लो। बस, यह ध्यान रखो कि गुफा में सूर्यप्रभ का प्रवेश न हो। गुफा में प्रवेश प्रभास को करने दें। वही इसमें आसानी से जा सकता है।"

गणों की बात सबने ध्यान से सुनी। इसके बाद जैसे ही प्रभास ने गुफा में प्रवेश किया, वहां प्रकाश फैल गया। प्रभास को वहां मिलीं सात दिव्य औषधियां। वह उन्हें ले कर बाहर आया और जैसे ही वह उन्हें सूर्यप्रभ को सौंप रहा था, एक आकाशवाणी होने लगी–"ये औषधियां बहुत प्रभावपूर्ण हैं। अब सूर्यप्रभ ये औषधियां तुम्हें सिद्ध हो गईं।"

यह सुनते ही सूर्यप्रभ और उसके साथी उस स्थान से निकल कर सुमेरु के आश्रम में स्थित अपने सैन्य शिविर में लौट आए। शिविर में पहुंचते ही सुवासकुमार से सुनीथ पूछने लगा, "गुफा में सूर्यप्रभ को रोककर प्रभास को जाने देने का कारण क्या रहा होगा? यही नहीं, गुफा में गणों द्वार उसके स्वागत का रहस्य क्या है?"

यह सुनते ही सुवासकुमार ऊंचे स्वर में कहने लगा, "सुनो, मैं बताता हूं। प्रभास सूर्यप्रभ का भला चाहता है। इन दोनों में आपस में कोई झगड़ा

नहीं है। प्रभास की तरह वीर और प्रभावशाली व्यक्ति और कोई नहीं। इसके ही पूर्वजन्म के पुण्य प्रभाव से यह गुफा उसी की है। अब मैं तुम्हें इसके पूर्वजन्म का हाल सुनाता हूं।

"प्राचीन काल की बात है, नमुचि नाम का एक भला दानव था। वह इतना महान दानी था कि यदि उससे कोई शत्रु भी कुछ मांग बैठे, तो वह उसे तुरंत दे देता। दस हजार बरस तक तो उसने केवला धुआं पीकर तप किया। इस के उपरांत उसे ब्रह्मा ने वरदान दिया था। इससे उसे यह शक्ति मिल गई कि वह न लोहे से मारा जाए, न लकड़ी से और न ही पत्थर से।"

जब उसे यह वरदान मिल गया, तो उसने इन्द्र को पराजित कर भगा दिया। जब स्थितियां बहुत खराब होने लगीं, तो उसके व देवताओं के बीच मध्यस्थता का काम किया ऋषि कश्यप ने। उन्होंने संधि करवाकर इनकी मैत्री करवा दी। जब सुर और असुर मिल ही गए, तो उन्होंने मंदराचल द्वारा क्षीर-सागर का मंथन कर डाला। उस मंथन में लक्ष्मी सहित अनेक रत्न निकल आए, तो उन्हें विष्णु के साथ मिलकर अन्य देवताओं ने बांट लिया। इसी बंटवारे में दानव नमुचि के मिला उच्चैश्रवा नाम का एक घोड़ा। अन्य देवताओं व दानवों को भी समुद्र से निकले रत्नों में से कुछ न कुछ मिल ही गया। लेकिन मंथन के अंत में निकला अमृत। अमृत के निकलते ही देवतागण उसे लेकर चल दिए। यह देखकर दानवों को बड़ा क्रोध आ गया। अब उनमें फिर से बैर हो गया। बैर ही हो गया, तो पुनः युद्ध हुआ। युद्ध हुआ, तो अनेक असुरों का सुरों ने वध कर डाला। किंतु यह क्या! जो असुर मारा जाता, उच्चैःश्रवा उन्हें सूंघकर फिर से जीवित कर देता। ऐसे में देवता भला क्या कर पाते! दैत्य और दानव उनके लिए अजेय हो गए।

"ऐसे में इन्द्र का मन बड़ा खिन्न रहने लगा। उसे इस हालत में देख एक दिन बृहस्पति ने अपने पास बुलवाया और कहा– "देखो, अब तुम्हारे लिए बस एक ही उपाय शेष है। बस अब उसे आजमा लो। तुम स्वयं नमुचि के पास चले जाओ और उससे कहो कि वह उच्चैःश्रवा को तुम्हें दान कर दे। मैं जानता हूं कि तुम उसके शत्रु हो, किंतु अपनी दानशीलता के चलते वह तुम्हारी मांगी वस्तु तुम्हें अवश्य दे देगा। किसी भी हालत में वह अपने उस यश को नष्ट न होने देगा जो उसने अपनी दानशीलता से अब तक कमाया है।"

देवगुरु बृहस्पति के ऐसा कहने पर इन्द्र अन्य देवताओं के साथ नमुचि के पास जा पहुंचे। उन्होंने उससे उच्चैःश्रवा को दान में मांग लिया। जब मांग ही लिया तो नमुचि सोचने लगा– ''मुझसे मांगने वाला कभी हताश नहीं होता। और फिर यह याचक तो देवराज इन्द्र हैं। तब फिर मैं नमुचि होकर भी इन्हें यह घोड़ा क्यों न दे दूं! लंबे समय से दान के कारण तीनों लोकों में मैंने जो प्रसिद्धि पायी है, यदि किसी कारण वही कमजोर पड़ गई तो फिर मेरे इस वैभवमय जीवन का क्या फायदा!''

गुरु शुक्राचार्य ने नमुचि को रोकना भी चाहा, किंतु उस उदार हृदय ने नमुचि को घोड़ा दे दिया।

इधर उसने इन्द्र को घोड़ा दिया और उधर इन्द्र ने उसका विश्वस्त बनकर उसे गंगा के फेन से ही मार उाला। अन्य शस्त्रों से तो वह मारा नहीं जा सकता था।

हैरानी इस बात की है कि इस संसार में भोग की तृष्णा का कोई अंत ही नहीं। इसी के वशीभूत हो, देवगण भी गलत काम करने और अपयश से नहीं घबराते।

जब यह सारा वृत्तांत नमुचि की मा दनु ने सुना, वह तपोबल से शोक शांति का उपाय सोचने लगी। उसने यह संकल्प ले लिया कि 'बलशाली नमुचि एक बार फिर से मेरे गर्भ से उत्पन्न हो और युद्ध में देवगणों से अजेय रहे।

इसके बाद बलशाली नमुचि कुछ समय के बाद फिर दनु के गर्भ से प्रबल नाम से उत्पन्न हुआ। प्रबल नाम के दानव ने इन्द्र को सौ बार पराजित किया। फिर भी वह याचकों को अपना जीवन तक दे डालने को तत्पर रहता था।

देवगण जब अनेक बार पराजित हो गए, तो उन्होंने आपस में मंत्रणा की। इसके बाद वे प्रबल के पास गए और बोले, ''हम नरमेघ यज्ञ करना चाहते हैं। इसके लिए अब तुम हमें अपना शरीर दान कर दो।''

दानवीर प्रबल ने, यह जानते हुए भी कि याचक उसके शत्रु हैं, अपना शरीर उन्हें दन कर दिया।

उदार लोग अपनी जीवन यात्रा समाप्त कर देते हैं, किंतु याचक को निराश नहीं करते।

दान में शरीर मिलते ही, देवताओं ने प्रबल के शरीर के टुकड़े-टुकड़े कर डाले। वही दानव प्रबल, आज प्रभास के रूप में इस लोक में जन्मा है।

पहले वह नमुचि था। फिर प्रबल के रूप में जन्मा। आज वह प्रभास के रूप में उपस्थित है। उसके पूर्व के पुण्य ही हैं, जो आज भी उसे अजेय बनाए हुए हैं। यह गुफा उसी दानव प्रबल की है। उन पहरेदारों के साथ वह उसी के अधीन है।

गुफा के नीचे प्रबल का एक महल है। वहां अनेक अलंकारों से सजीधजी उसकी बारह पत्नियां रहती हैं। उस महल में अनेक प्रकार के अस्त्र-शस्त्र और रत्न रखे हुए हैं। वहां चिंतामणि है और हैं एक लाख योद्धा। जितने योद्धा हैं, उतने ही घोड़े भी हैं।

ये सभी चीजें प्रभास के पूर्वजन्म की अर्जित की हुई हैं। प्रभास के लिए यह एक सहज कथा की तरह है, उसे इसमें कुछ भी अजूबा नहीं लगता।''

मुनि सुवासकुमार से यह वृत्तांत सुनकर सूर्यप्रभ, सुनीथ, मय तथा प्रभास आदि सब के सब रत्न आदि पाने के लिए पाताल में स्थित प्रबल के गुफा मंदिर में जा पहुंचे। वहां प्रवेश करके प्रभास ने अपने पूर्व जन्म की पत्नियों, चिंतामणि, सैनिकों, घोड़ों, रत्नों आदि को बाहर निकालकर सूर्यप्रभ को संतुष्ट किया।

इसके बाद सूर्यप्रभ, मय, सुनीथ तथा सुमेरु के साथ अपने सैन्य शिविर में लौट आया। इसके बाद जब सभी मानव राजा अपने-अपने निवास को लौट गए तो स्वयं सूर्यप्रभ भी रण-दीक्षा का व्रत लेकर कुशा के आसन पर रात बिताने को चला गया।

## रणभूमि में सेना

रात बीत गई, तो सुबह के समय सूर्यप्रभ सुमेरु के तपोवन से अपनी सेना के साथ श्रुतशर्मा को जीतने को चल पड़ा। श्रुतशर्मा के निवास त्रिकूट पर्वत पर पहुंच कर सबसे पहले उसने उसकी सेना को वहां से हटाया। इसके बाद अपनी सेना को वहां जमा दिया। जब सैन्य शिविर पूरी तरह से लग गया, तो सुमेरु और मय आदि के साथ सभा में बैठे सूर्यप्रभ के पास श्रुतशर्मा का दूत आ पहुंचा।

दूत ने सभा में आकर विद्याधरराज सुमेरु से कहा, ''श्रुतशर्मा के पिता ने यह संदेश भिजवाया है कि हमने दूर देश में रहने वाले तुम्हारा कभी सत्कार नहीं किया है। आज तुम कुछ मेहमानों के साथ हमारे देश पधारे हो, इसलिए हम तुम्हारा समुचित सत्कार करना चाहेंगे।''

शत्रु का यह संदेश सुनकर, दूत से सुमेरु ने कहा– ''ठीक भी है, हमारे जैसे मेहमान कहां मिलेंगे। हमारा सत्कार तुम्हें, परलोक में नहीं, इसी लोक में फल देगा। लो, हम सब तैयार हैं। करो हमारा आतिथ्य सत्कार!''

दूत, सुमेरु का यह संदेश लेकर अपने स्वामी के पास जा पहुंचा। बस, फिर क्या था! सूर्यप्रभ और उसके साथियों ने एक ऊंचे स्थान पर खड़े हो कर अपनी सेनाओं का निरीक्षण किया। इसके बाद सुनीथ ने अपने पिता मयासुर से कहा–''हमारी सेना में रथ आदि की व्यवस्था के बारे में मुझे बताएं।''

यह सुनकर दानवराज मय ने अंगुली के संकेत से दिखते हुए कहा, ''ये हैं, सुबाहु, निघात, मुष्टिक, गोहर, प्रलंब, कंकट, पिंगल, वसुदत्त आदि अर्धरथी राजा। अंकुरी, सुविशाल, दंडी, भूषण, सोमिल, उन्मत्त, देवशर्मा, पितृशर्मा, कुमार तथा हरिदत्त हैं पूर्णरथी। द्विगुण रथी हैं–प्रकंपन, दर्पित, कुम्भीर, सिंहदत्त, गुणवर्मा, कीटक, भीम तथा भयंकर। त्रिगुणरथी हैं–विरोचन, वीरसेन, यज्ञसेन, खुज्जर, इन्द्रवर्मा, शबरक, क्रूरकर्मा और निरासक। चतुर्गुण रथी हैं–सुशर्मा, बाहुशाली, विशाख, क्रोधन और प्रचंड जैसे राजपुत्र। पंचगुण रथी हैं–जुंजरी, वीरवर्मा, प्रवीरवर, सुप्रतिज्ञ, अमराराम, चन्द्रदत्त, जालिक आदि राजकुमार और सिंहभठ, व्याघ्रभट, शत्रुभट आदि राजा हैं षड्गुण रथी। सप्तगुण रथी हैं– राजपुत्र विशाख, सुतन्तु, सुगम और नरेन्द्र शर्मा।

''राजपुत्र विशाख का पुत्र है महारथी। यह शतानीक महारथियों के दल का प्रमुख है। सूर्यप्रभ के मित्र सुभाष, हर्ष, विमल, महाबुद्धि, अचल, प्रियंकर और शुभंकर हैं महारथियों के नायक। धर्मरुचि व यज्ञरुचि महारथी हैं। विश्वरुचि, भास और सिद्धार्थ आदि सूर्यप्रभ के मंत्री महारथियों के नायक हैं। अतिरथियों के नायक हैं–प्रहस्त और महार्थ। प्रज्ञाढ्य व स्थिरबुद्धि हैं रथयूथों के नायक। दानव सर्वदमन, प्रभथन, धूमकेतु, प्रवहण, वज्रपंजर, कालचक्र और मरुद्वेग हैं रथियों व अतिरथियों के नामक। प्रकम्पन व सिंहनाद रथियों व अतिरथियों के प्रमुख हैं। महारथियों के अधिपतियों के अधिपति हैं–असुरराज, महामाय, काम्बलिक, कालकम्पनक और हृष्टरोमा। सूर्यप्रभ की तरह शक्तिसंपन्न प्रभास

व सुमेरु का पुत्र श्रीकुंजरकुमार जैसे प्रधान योद्धा हैं महारथियों के नायक। इनके अतिरिक्त भी अनेक बड़े योद्धा हमारी सेना में है।

"यद्यपि शत्रु-सेना में सैनिक योद्धाओं की संख्या हमारी सेना से अधिक है, किंतु शिव की कृपा से वे हमारी सेना के लिए पर्याप्त नहीं है।"

मय अभी अपने पुत्र सुनीथ को यह सब बता ही रहा था कि श्रुतशर्मा के पिता का भेजा दूत वहां आ पहुंचा। उसने कहा– "त्रिकूटाधिपति का आपके लिए संदेश है कि संग्राम शूरवीरों का महोत्सव है। किंतु इस महोत्सव के लिए यह भूमि छोटी पड़ेगी, इसलिए हम लोग बड़े मैदान वाले कलापग्राम में चलें।"

सुनीथ आदि ने यह संदेश तुरंत स्वीकार कर लिया। सूर्यप्रभ के साथ वे सब भी कलापग्राम जा पहुंचे। उधर श्रुतशर्मा आदि भी विद्याघर सेना के साथ उसी स्थान पर पहुंच गए। श्रुतशर्मा की सेना में हाथियों को देख, सूर्यप्रभ ने भी विमानों द्वारा अपने हाथी वहां मंगवा लिए।

यह देखते ही श्रुतशर्मा के सेनापति विद्याधरराज दामोदर ने अपनी सेना में महासूचिव्यूह की रचना कर डाली। उसके पीछे श्रुतशर्मा स्वयं मंत्रियों के साथ खड़ा हुआ और आगे की ओर सेनापति दामोदर। अन्य विशेष स्थलों पर अनेक अन्य विद्याघर राजा थे।

उधर सूर्यप्रभ के सेनापति प्रभास ने बनाया अर्धचंद्राकार व्यूह और उसके बीचोंबीच वह स्वयं बना रहा। इस व्यूह के दोनों ओर खड़े हुए कुंजर कुमार व प्रहस्त। उसकी रक्षा के लिए सूर्यप्रभ व सुनीथ आदि पीछे की ओर खड़े हो गए।

जैसे ही सुमेरु व सुवासकुमार उस व्यूह के निकट खड़े हुए, रणभेरी बज उठी। इस युद्ध को देखने के लिए चन्द्र आदि देवता ही नहीं, लोकपालों और अप्सराओं की भी भीड़ लग गई। इस अवसर पर पार्वती के साथ स्वयं शंकर भी उपस्थित थे। उनके पीछे थे देवता, गण, भूत-प्रेत और मातृकाएं। सावित्री के साथ ब्रह्मा तथा वेद और महर्षि भी वहीं आ गए। वही नहीं, लक्ष्मी, कीर्ति, जया आदि के संग भगवान विष्णु भी गरुड़ पर आरुढ़ हो वहां आ गए। वहां आने वालों में अपनी सभी पत्नियों के साथ महर्षि कश्यप, द्वादश आदित्य, अष्ट वसु, यक्ष, राक्षस और नागराज प्रह्लाद जैसे विशिष्ट गण भी थे।

ऐसे विशिष्ट युद्ध-दर्शकों के आ जाने से आकाश मार्ग भर गया। कुछ ही देर में शस्त्रों की झंकार और भीषण कोलाहल दोनों ओर की सेनाओं में नजर आने लगा। सभी दिशाओं के आकाश बादलों की तरह बाणों से आच्छादित हो गए। जब-जब दोनों ओर के बाण परस्पर टकराते, बिजली आग की तरह चमकने लगती। भूमि पर हाथी-घोड़ों पर सवार वीरों के रक्त की नदी बहने लगी। वीरों के शरीर उसी नदी में बहते दिखाई दे रहे थे। कूदते, नाचते और रक्त की उस नदी में तैरते व चिल्लाते हुए शूरों पर टूट पड़ते सियारों और भूत-प्रेतों के लिए यह युद्ध एक आनन्द उत्सव ही बन गया था।

असंख्य सैनिक मारे गए। धीरे-धीरे जब यह घनघोर संग्राम शांत हुआ, तब शेष जीवित सैनिक अपने-अपने पक्ष की पहचान कर पाए। इसके बाद ही सुमेरु द्वारा सूर्यप्रभ ने शत्रु पक्ष के वीर योद्धाओं के नाम जाने। वह तुरत ही उन्हें पहचान भी गया।

इसके बाद सबसे पहले उधर के एक राजा सुबाहु तथा विद्याधरों के राजा अट्टहास के बीच परस्पर द्वंद्व युद्ध शुरू हो गया। दोनों के बीच काफी देर तक युद्ध चलता रहा। जब सुबाहु का सिर बाणों से बिंध गया तो उसे अट्टहास ने अर्धचंद्राकार एक बाण से काट दिया।

सुबाहु का मृत शरीर देख, मुष्टिक नाम के एक राजा को बड़ा क्रोध आया और वह अट्टहास पर टूट पड़ा। किंतु दूसरे ही पल अट्ठहास ने उसे भी छाती में बाण मारकर गिरा दिया। मुष्टिक का अंत देख प्रलम्ब नाम का एक राजा अट्ठहास पर बाण वर्षा करने लगा। किंतु अट्ठहास ने पहले उसकी सेना को मारा, फिर उसके मर्म स्थलों पर प्रहर करके उसे रथ पर ही सुला दिया।

प्रलम्ब के मरा देख, मोहन नाम के राजा ने अट्टहास पर सामने से आकर प्रहार शुरू कर दिया। लेकिन अट्टहास तो अट्टहास था, उसने धनुष काट डाला। सारथी को खत्म कर दिया। फिर अपने प्रहारों से मोहन को भी धरती पर गिरा दिया। इसके बाद तो फिर श्रुतशर्मा की सेना विजय के उल्लास में खुशी से शोर मचाने लगी।

यह देखकर सूर्यप्रभ का मित्र हर्ष क्रुद्ध हो गया। वह अपनी सेना लेकर अट्टहास का सामना करने जा पहुंचा। पहले तो उसने अपने बाणों से उसके बाणों को हटाया। फिर दो बाणों से उसके सारथी और तीन बाणों से उसके

धनुष और ध्वजा को काट डाला। इसके बाद खून उगलता अट्टहास रथ से धरती पर आ गिरा।

अट्टहास का मरना था कि दोनों ओर की सेनाएं भयंकर युद्ध करने लगीं। ऐसी मारकाट मची कि दोनों ओर आधी-आधी सेनाएं ही शेष रह गईं। हर ओर हाथी, घोड़े और पैदल सैनिक धराशायी हो रहे थे। जगह-जगह सिर रहित धड़ पड़े नजर आ रहे थे।

अट्टहास की मृत्यु से दुखी और क्रुद्ध विद्याधरराज विकृतदंष्ट्र ने तभी अनायास सामने से आकर अपने बाणों से हर्ष को घेर लिया। हर्ष ने उसके बाणों के घेरे को काट डाला। उसने उसके सारथी और ध्वजा को भी काट दिया। इसके बाद उसने उसके सुंदर घोड़ों को भी मार डाला। अब सुंदर कुंडल वाले विकृतदंष्ट्र के सिर को कटने से भला कौन बचा सकता था। विकृतदंष्ट्र मारा गया तो एक और विद्याधरराज चक्रवाल क्रोधावेश में हर्ष की ओर दौड़ पड़ा। उसने हर्ष को धनुष को कई बार काटा। हर्ष अभी दूसरा शस्त्र उठाने ही वाला था कि उसने हर्ष का वध कर दिया।

अब चार प्रमुख राजा चक्रवाल के सामने थे। उसने एक-एक कर उन सब को भी मार गिराया। ये राजा थे—कंकर, विशाल, प्रचंड और अंकुरी। उन्हें मरा देख, निर्धात नाम का राजा बड़ा क्रोधित हुआ। वह चक्रवाल पर टूट पड़ा। इन दोनों के मध्य इतना भीषण युद्ध हुआ कि रथ, घोड़े, सारथी आदि सब धराशायी हो गए। इसके बाद तो फिर वे दोनों पैदल ही युद्ध करने लगे।

तलवार से वार करते, ढाल से बचते-बचते भी, वे आपस में ऐसे भिड़ गए कि एक-दूसरे के खड्ग के प्रहार से दोनों के सिर कटकर जमीन पर आ गिरे। यह देख कर दोनों ओर की सेनाएं निराश हो गईं। इसके बाद युद्ध भूमि में सामने आया विद्याधरों का राजा कालकंपन।

कालकंपन मैदान में उतरा तो प्रतिपक्ष से राजकुमार प्रकंपन आ खड़ा हुआ। प्रकंपन को क्षण भर में ही कालकंपन ने धराशायी कर दिया। प्रकंपन के बाद पांच महारथी मैदान में आ पहुंचे। ये थे— जलिक, चंडदत्त, गोपक, सोमिल और पितृशर्मा। ये सभी कालकंपन पर एक साथ बाणों की बरसात करने लगे। किंतु कालकंपन का इससे कुछ भी न बिगड़ा। उसने इन पांचों

को देखते-देखते रथहीन कर दिया। इसके बाद उसने एक ही साथ पांच बाण ऐसे चलाए कि पांचों महारथियों के कलेजे बिंध गए।

यह विद्याधरों की खुशी का और मनुष्यों व असुरों के दुखी होने का समय था। ठीक इसी समय चार रथ एक साथ कालकंपन की ओर आक्रमण करते दौड़ने लगे। इन पर उन्मत्तक, प्रशस्त, विलंबक, धुरंधर सवार थे। कालकंपन ने उन चारों को भी आसानी से मार गिराया। यही नहीं, इसके तुरंत बाद जिन छह महारथियों ने उस पर हमला किया, उन्हें भी उसने बड़ी सहजता से मार डाला।

कालकंपन पर तो जैसे युद्ध का नशा सवार था। उसके सामने जो पांच महारथी और आए, उन्हें भी उसने देखते-देखते खत्म कर डाला। ये थे—तेजिक, गेयिक, वेगिल, शाखिल, भद्रंकर, दंडी। इनकी सेनाएं भी धराशायी हो गईं। यही नहीं, महारथी भीम, भीषण, कुंभीर, विकट और त्रिलोचन भी न रहे।

कालकंपन के संहार की यह दशा देखकर राजपुत्र सुगण से न रहा गया। वह उसके सामने जा खड़ा हुआ। दोनों के बीच ऐसा घमासान युद्ध हुआ कि वे अपने-अपने सारथी और रथ से अलग हो गए। इसके बाद वे पैदल ही युद्ध करते-करते एक-दूसरे के प्राण लेने की कोशिश करते रहे। किंतु कालकंपन के सामने सुगण की न चल सकी। उसने सुगण को काट कर धराशायी कर दिया।

यह सब देखकर भगवान सूर्य बड़े खिन्न हो गए। उन्हें लगा कि विद्याधरों के साथ मनुष्यों का युद्ध संभव नहीं है। इसके साथ ही वे अस्ताचल को चले गए। इधर युद्ध भूमि रक्त से लाल हो गई और उधर संध्या घिर आने के कारण आकाश भी लाल हो गया। इसके बाद प्रारंभ हो गया भूत-प्रेतों व कबन्धों का आनंद नृत्य। दोनों पक्षों की सेनाएं युद्ध समाप्त कर अपने-अपने शिविरों को लौट गईं।

युद्ध के इस दिन श्रुतशर्मा की सेना को अपने तीन वीरों को खो देना पड़ा। सूर्यप्रभ की सेना के तो तैंतीस वीर खेत रहे। सूर्यप्रभ को इतना बुरा लगा कि उस रात वह रानियों से अलग ही रहा। रात भर उसे नींद न आई और युद्ध के बारे में सोचते-सोचते ही सारी रात गुजर गई।

## रानियां और युद्ध चर्चा

युद्ध के कारण, मारे गए बन्धु-बान्धवों की क्षति से दुखी सूर्यप्रभ की रानियां भी एक जगह आ जुटीं। यह शोक का समय था और रोना-धोना चल ही रहा था, तब भी रानियां आप में बतिया ही रही थीं। स्त्रियां कभी खामोश नहीं रहतीं, कभी वे अपनी चर्चा करती हैं तो कभी दूसरों की।

ऐसी ही बातचीत में एक राजकुमारी कहने लगी, "हैरानी की बात है कि आज आर्यपुत्र अकेले ही कैसे सो गए!"

एक रानी ने उत्तर दिया—"युद्ध में अपने आत्मीयों की मृत्यु के कारण आर्यपुत्र दुखी थे। ऐसे में वे पत्नियों के संग कैसे रहते!"

इतना सुनना था कि तीसरी रानी बोल उठी, "आज ही उन्हें कोई नई कन्या मिल जाती, तो वे सारे दुख भूल जाते।"

यह सुन चौथी रानी कहने लगी, "यह सही है कि आर्यपुत्रों का मन स्त्रियों में रमता है, किंतु ऐसे दुख भरे समय में वह ऐसा कर कैसे सकते हैं!"

अभी ये बातें चल ही रही थीं, कि उनके बीच से एक बोल उठी, "अरे, ये तो बताओ कि हमारे आर्यपुत्र इतने स्त्रीलोभी हैं क्यों? इतनी पत्नियां होते हुए भी, दिन-रात वह नई से नई स्त्री की खोज में क्यों लगे रहते है?"

उत्तर दिया चतुरा मनोवती ने, "सुनो-सुनो, ये राजा अनेक पत्नियों वाले क्यों होते हैं, मैं बताती हूं। वास्तव में, बात ये है कि कोई भी स्त्री सर्वगुण संपन्न तो होती नहीं। देश, रूप, अवस्था, चेष्टा, विज्ञान आदि के भेद के करण अच्छी स्त्रियां अलग-अलग गुणों से संपन्न होती हैं। अलग-अलग प्रदेशों की स्त्रियां अपनी-अपनी विशेषताओं के कारण पतियों का अलग-अलग तरह से मनोरंजन करती हैं। कुछ स्त्रियां शरत्काल के चन्द्रमा की तरह मुख से मन हर लेती हैं, कुछ स्वर्ण घटकों की तरह उठे हुए स्तनों से प्रसन्न करती हैं, तो कुछ काम के सिंहासन की तरह जघन स्थल से आकर्षित करती हैं और कुछ अन्य अंगों से। किसी का रंग तपे हुए सोने जैसा होता है, कुछ प्रियंगु पुष्प की तरह सांवली होती हैं। कुछ का रंग ललाई लिए गोरा होता है। ये सब, देखते ही मन हर लेती हैं। इनमें कुछ नई उम्र के कारण सुंदर होती हैं, तो कुछ विकसित यौवना होने के कारण। कुछ स्त्रियां ऐसी भी होती हैं, जो प्रौढ़ता पाने पर सरस हो जाती हैं। कुछेक अपने हाव-भाव ओर विलास लक्षणों से ही सुंदरता प्रदर्शित करती हैं।

"कोई स्त्री हंसते हुए मोहक लगती है, तो कोई गुस्सा होने पर मन मोह लेती है। इनमें कोई स्त्री गजगामिनी होती है तो कोई हंसगामिनी होने के कारण मोह लेती है। कुछ स्त्रियों की मधुर बोली कानों को अच्छी लगती है, तो कुछ सहज भौंहे नचाकर ही आकर्षित कर लेती हैं। कोई स्त्री नृत्य में कुशल होती है, कोई गाने-बजाने में, तो कोई बाहरी रति-विलास में पारंगत या अंतरंग रतिविलास में निपुण। कोई शृंगारकुशल होती है तो कोई वाक्‌चतुर। कोई पति के चित्त को वश में किए रहती है, तो कोई अन्य गुण से संपन्न। कहां तक कहूं, स्त्रियों में अनेक प्रकार के गुण पाए जाते हैं। हर स्त्री में कोई न कोई विशिष्ट गुण होता ही है, किंतु तीनों लोकों में ऐसी कोई स्त्री नहीं जो सर्वगुण संपन्न हो। यही कारण है कि राजा, अलग-अलग आस्वाद पाने के लिए नित नई स्त्रियों से विवाह रचाते हैं। हां, ऊंचे किस्म के व्यक्ति दूसरों की स्त्री नहीं चाहते। इसलिए आर्यपुत्र दोषी नहीं। हमें इस पर ईर्ष्या भी नहीं करनी चाहिए।"

मनोवती की ये बातें सुनकर, सूर्यप्रभ की अनेक स्त्रियां, जिनमें मदनसेना भी थी, एक-एक कर फिर चर्चा करने लगीं। कोई रोक-टोक तो वहां थी नहीं, धीरे-धीरे वे सब गुप्त रहय की बातों में डूबती चली गईं। स्त्रियां जब एकजुट होती हैं, तो फिर ऐसी कौन-सी बात होगी जो वे आपस में न करती होंगी।

अंधेरा गुजरने के इंतजार और शत्रुओं पर जीत की कामना करते हुए उधर किसी तरह सूर्यप्रभ की वह लंबी रात बीत ही गई।

## रणभूमि में युद्ध

सुबह होते ही इधर सूर्यप्रभ अेर उधर श्रुतशर्मा अपनी-अपनी सेनाओं के साथ तैयार होकर रणभूमि में आ खड़े हुए। इनके युद्ध को देखने के लिए ब्रह्मा, विष्णु, शिव, इन्द्र आदि के साथ ही असुर, यक्ष, गंधर्व और अनेक राक्षस भी फिर से आकाश में एकत्र हो गए।

सेनापति दामोदर ने श्रुतशर्मा की सेना में चक्रव्यूह तैयार किया। इधर सूर्यप्रभ के सेनापति प्रभास ने अपनी सेना की व्यूह रचना कर डाली। व्यूह रचना पूरी होते ही दोनों सेनाओं के बीच युद्ध प्रारंभ हो गया। युद्ध क्या प्रारंभ हुआ रणभेरियों और सैनिकों की आवाजों से समूची दिशाएं ही गूंज उठीं। सूर्य भगवान बाणों के जाल से ढंक गए।

दामोदर का बनाया चक्रव्यूह कोई और वीर शायद न भेद पाए, यह सोच प्रभास ने सूर्यप्रभ से ऐसा करने की आज्ञा ले ली और वह व्यूह को भेद कर उसमें प्रवेश कर गया। प्रभास ने व्यूह में जो छेद किया था, उसके सामने ही आकर जम गया स्वयं दामोदर। प्रभास वहां उससे रथ से ही युद्ध करने में जुट गया। सूर्यप्रभ ने जब प्रभास को वहां अकेला ही देखा, तो उसने तुरंत उसके पीछे अपने पन्द्रह महारथियों को भेज दिया।

ये महारथी थे– प्रकंपन, धूमकेतु, कालकंपन, महामाय, मरुद्वेग, प्रहस्त, बज्रपंजर, कालचक्र, प्रमथन, सिंहनाद, कम्बल, विकटाक्ष, प्रवहण, कुंजरकुमार और असुरराज प्रहष्टरोमा। आदेश मिलते ही ये सभी व्यूह के द्वार पर जा पहुंचे। ये सब तो जा पहुंचे, किंतु दामोदर भी कम न था। उसने अपनी रणबुद्धि का परिचय देते हुए उन पन्द्रहों पर धावा बोल दिया।

उसे ऐसा करता देख इन्द्र देव नारद मुनि से कहने लगे, ''ये सूर्यप्रभ आदि सब असुरों के अवतार हैं। श्रुतशर्मा का जन्म मेरे अंश से हुआ है। ये सभी विद्याधर देवताओं के अंश हैं। इस रूप में तो यह युद्ध देवासुर संग्राम ही हुआ न! देवासुर संग्राम में विष्णु सदा देवताओं की सहायता करते आए हैं। यह दामोदर भी उन्हीं विष्णु का अंश है। देखो तो, कैसे युद्ध करने में जुटा है!''

अभी इन्द्र यह सब कह ही रहे थे कि दामोदर की सहायता करने को चौदह महारथी आ पहुंचे। ये महारथी थे– ब्रह्मगुप्त, वायुबल, यमदंष्ट्र, सुरोषण, रोषावरोह, अतिबल, तेजःप्रभ, धुरंधर, कुबेरदत्त, वरुण शर्मा, कम्बलिक, वीर दुष्टदमन, दोहन तथा आरोहण। दामोदर के साथ मिलकर अब ये पन्द्रह हो गए। इन सब ने व्यूह के द्वार पर पहला युद्ध करते हुए प्रभास सहित पन्द्रह महारथियों को रोक लिया।

इसके बाद प्रारंभ हुआ द्वंद्व युद्ध, जिसमें आमने-सामने थे– दामोदर और प्रकंपन, तेजःप्रभ और कालकंपन, वायुबल और मरुद्वेग, यमदंष्ट्र और वज्रपंजर, सुरोषण और कालचक्र, प्रमथन और कुबेरदत्त, सिंहनाद और वरुण शर्मा, प्रवहण और दुष्टदमन, प्रहष्टरोमा और रोषावरोह, धुरंधर और विकटाक्ष, कम्बल और काम्बलिक, कुंजर कुमार और आरोहण, महोत्पाद दोहन और प्रहस्त। व्यूह के द्वार पर ही इन महारथियों को आपस में जूझते हुए देख सुनीथ से मय कहने लगा– ''अनेक प्रकार के शस्त्र-अस्त्र के जानकार होते हुए भी हमारे योद्धा,

शत्रुओं द्वारा व्यूह में प्रवेश करने से रोक दिए गए। बस, एक प्रभास ही बिना सोचे भीतर प्रवेश कर गया है। पता नहीं, किसका क्या होगा!''

इतना सुनते ही सुवासकुमार के मुख से निकला, ''प्रभास का सामना करने वाला तीनों लोकों में कोई नहीं। फिर ये बेचारे विद्याधर भला क्या हैं! पता नहीं, यह सब पता होने के बावजूद आप लोगों को ऐसी शंका हुई ही क्यों!''

अभी मुनिकुमार का संवाद चल ही रहा था कि प्रवास के ऐन सामने विद्याधर कालकंपन आ पहुंचा। उसे देखते ही प्रभास कहने लगा—''हे कालकंपन, तूने हमारा भारी नुकसान किया है। अब मैं देखता हूं, तेरा पौरुष!''

यह कहते ही, प्रभास ने कालकंपन की ओर बाण वर्षा प्रारंभ कर दी। कालकंपन ने भी प्रभास के बाणों को अपने बाणों के प्रभाव से काट डाला। इन दोनों के बीच अस्त्र-शस्त्रों का ऐसा भीषण युद्ध चला कि सारा संसार हैरान रह गया। तभी अचानक प्रभास ने एक बाण चलाकर कालकंपन की ध्वजा काट दी। दूसरा बाण चलाकर उसके सारथी को धराशायी कर दिया। उसने अपने चार बाण चलाकर उसके चार घोड़ों को मार दिया, फिर एक बाण से उसका धनुष ही काट डाला। इसके बाद उसने दो बाण ऐसे चलाए कि कालकंपन की दो भुजाएं कट गिरीं। एक तीखे बाण से उसका सिर ही काट गिराया।

प्रभास ने शत्रु को अपने युद्ध कौशल की ऐसी सफाई दिखाई जैसे वह पहले दिन मारे गए अपने पक्ष के वीरों की मृत्यु का बदला ले रहा हो। मनुष्यों और असुरों द्वारा विद्याधर के मारे जाने के इस समाचार से विद्याधरों में शोक की लहर दौड़ पड़ी।

यह देख, कालंजर राज विद्युत्प्रभ क्रोधावेश में प्रभास की ओर दौड़ा। प्रभास ने उससे भी कुशलतापूर्वक लड़ते हुए, उसकी ध्वजा को अपने बाणों से काट दिया। विद्युतप्रभ नए से नए धनुष उठाता और प्रभास उन्हें भी काट डालता। यह देख विद्युतप्रभ विवश हो गया और अपनी माया से आकाश में जा छिपा। लज्जित होकर वह वहीं से प्रभास पर बाण छोड़ने लगा।

प्रभास ने पहले तो उसके शस्त्रास्त्र दूर किए, फिर प्रकाशनास्त्र के प्रभाव से उस छिपे हुए शत्रु को दृश्य किया। इसके बाद आग्नेयास्त्र के प्रभाव से उसे जलाकर धरती पर गिरा दिया।

अब श्रुतशर्मा ने अपने महारथियों से कहा– "देखो तो जरा, इस प्रभास ने हमारे दो महारथी प्रमुखों को धराशायी कर दिया। तुम सब ये सहन कैसे कर रहे हो? सब के सब मिल कर उसका वध कर दो!"

इतना सुनना था कि विद्याधरों के आठ महारथी प्रभास के सामने आ गए। इनमें से एक था कंटकट पर्वतनिवासी ऊर्ध्वरोमा। दूसरा था–महारथी धरणीधर जिसका नाम था विक्रोशन। तीसरा लीलापर्वतवासी विद्याधरराज इन्दुमाली। चौथा मलयपर्वतवासी रथियों का प्रमुख काकांडक। पांचवा था–निकेतपर्वतराज दर्पवाह और छठा अंजनगिरिराज धूर्तवाहन, सातवां कुमुदपर्वतराज गर्दभरथ वाराहस्वामी व आठवां दुन्दुभिपर्वत स्वामी मेघावर।

इन आठों द्वारा चलाए गए बाणों को प्रभास ने अपने बाणों से निष्प्रभ कर दिया। यही नहीं, एकसाथ अनेक बाण चलाकर, एक-एक बाण से उन सब को बींध दिया। उसके बाणों ने किसी के घोड़े मार गिराए, किसी का ध्वज काट डाला तो किसी का धनुष काट गिराया। प्रभास ने इसके बाद प्रत्येक के हृदय पर प्रहार किया। इससे मेघावर तो धरती पर ही आ गिरा। इसके बाद प्रभास ने आंजलिक बाण से बंधे केशों वाले ऊर्ध्वरोमा के सिर को काट डाला। शेष बचे छह योद्धाओं के गले उसने एक-एक करके काट दिए। उसने उनके घोड़ों व सारथियों को भी मार गिराया।

बस, इसके बाद तो फिर आकाश से प्रभास के सिर पर पुष्प वर्षा होने लगी। इससे जहां असुरों व मनुष्यों में हर्ष की लहर दौड़ने लगी, वहीं विद्याधर शोकमग्न हो गए। किंतु तभी श्रुतशर्मा ने एकसाथ चार महारथियों को भेजा और प्रभास को घेरने का आदेश दे दिया। इन चारों में एक था कुरंडक पर्वत का स्वामी विद्याधर काचरक, दूसरा पंचकपर्वतवासी डिंडिमाली, तीसरा जयपुर पर्वतस्वामी और अतिरथी विभावसु तथा चौथा था– भूमितुंडक पर्वतराज धवल। इन सभी ने एकसाथ प्रभास पर पांच-पांच सौ बाणों की वर्षा की। किंतु प्रभास ने इसकी चिंता न करते हुए, एक-एक बाण से ध्वजाओं, एक-एक से सारथियों और चार-चार बाणों से घोड़ों को मार डालने के बाद एक-एक बाण से उन महावीरों के सिर काट डाले। इसके बाद प्रभास ने भयंकर गर्जन किया।

श्रुतशर्मा ने अब अन्य चार विद्याधर राजा प्रभास से युद्ध करने हेतु एक साथ भेज दिए। वे तुरंत ही प्रभास से युद्ध करने लगे। इन चारों में एक

था—विश्वावसु की पत्नी से उत्पन्न नलिन के जैसे श्याम रंग का भद्रंकर, दूसरा था—जंमक की पत्नी से उत्पन्न रक्त वर्ण का नियंत्रक, तीसरा दामोदर की पत्नी से उत्पन्न विद्याधर कालकोप और चौथा—चंद्रप्रभा की पत्नी में इन्द्र से उत्पन्न विक्रमशक्ति। इन सबके पास दिव्यास्त्र थे। उनकी सहायता से ये सब मिलकर प्रभास पर टूट ही पड़े। लेकिन प्रभास ने अपने नारायणास्त्र से उनके अस्त्रों के जाल को दूर फेंक दिया और हर एक के धनुष को आठ-आठ बार काट डाला। इसके बाद भी प्रभास शांत न रहा और उसने उन सभी महारथियों के साथियों, घोड़ों आदि को मारकर उन सब को रथहीन कर डाला।

श्रुतशर्मा से यह न देखा गया, तो उसने दस रथियों के प्रमुख विद्याधरों को प्रभास से युद्ध के लिए भेज दिया। ये योद्धा थे— केतुमालेश्वर में अश्विनी कुमार से उत्पन्न दम, नियम, विक्रम, संक्रम, पराक्रम, अक्रम, संमर्दन, मर्दन, प्रमर्दन और निमर्दन। जब ये रथी मैदान में आए, तो रथहीन योद्धा भी रथों पर चढ़ गए। अब वे कुल चौदह हो गए और अकेला था प्रभास। चौदह के चौदह बाण वर्षा करते रहे और प्रभास उनका सामना अविचल भाव से करता रहा।

यह देख कर सूर्यप्रभ ने कुंजरकुमार और प्रहस्त को आदेश दिया। आदेश पाते ही वे दोनों शस्त्र लेकर आकाश मार्ग से उड़कर व्यूह के आगे वाले भाग में जा पहुंचे। दोनों पैदल योद्धाओं ने रथ में बैठे दम तथा नियम के सारथी को मार, धनुषों को काटकर उन्हें बेचैन कर डाला। ऐसे में घबराकर दम और नियम आसमान में उड़ने लगे। बस, फिर क्या था! प्रहस्त और कुंजरकुमार भी अपने शस्त्रों सहित आसमान में जा पहुंचे। इसी समय सूर्यप्रभ ने अपने दो महारथियों को उनका सारथी बनाकर रथ सहित भेज दिया। ये दोनों थे— महाबुद्धि तथा अचलबुद्धि।

इधर प्रहस्त और कुंजरकुमार ने माया से अदृश्य हुए दम-नियम को सिद्धांजन की सहायता से देख लिया। दीखते ही उन्हें अपने बाणों से बींध दिया। यह देख वे दोनों विद्याधर भाग निकले। उस ओर प्रभास अकेला बारह योद्धाओं का मुकाबला कर रहा था। उसने बार-बार उनके धनुष काट डाले। उधर प्रहस्त ने शत्रु पक्ष के बारहों सारथियों को मार डाला तो कुंजरकुमार ने उनके घोड़ों की जान ले ली।

इन तीनों वीरों की मार से घबराकर वे बारहों महारथी मैदान छोड़ भाग खड़े हुए। यह देख श्रुतशर्मा दुख, क्रोध और लज्जा से बेचैन हो गया। तुरंत उसने अपने दो अतिरथियों को युद्ध के लिए भेजा। इनमें एक चन्द्रकुल गिरि क्षेत्र में चंद्रमा से उत्पन्न और उसी के समान सुंदर विद्याधर चन्द्रगुप्त था और दूसरा था–धुरंधराचल क्षेत्र में उत्पन्न तेजस्वी विद्याधर नगरंगम। ये दोनों मूलतः श्रुतशर्मा के सचिव थे। प्रभास ने उन्हें भी बाणों की मार से रथहीन कर डाला। इसके बाद वे भी रणभूमि छोड़कर भाग गए।

यह देख मनुष्यों व असुरों ने विजयनाद प्रारंभ कर दिया। तब स्वयं श्रुतशर्मा चार महारथियों को लेकर युद्ध करने को उतर आया। श्रुतशर्मा के साथ आए महारथी थे– त्वष्टा, भर्ग अर्यमा और पूषा देवों के अंश से उत्पन्न महौघ, आरोहण, उत्पात और वेत्रवत। ये चारों ख्यात पराक्रमी थे।

इसके पश्चात वे तीनों वीर श्रुतशर्मा और उनके चारों योद्धाओं से लड़ने लगे। यह कोई सामान्य युद्ध नहीं था। उनके छोड़े बाण आसमान में इस तरह छा गए जैसे रण-लक्ष्मी को सूर्य के ताप से बचाने के लिए चंदोवा तान दिया गया हो।

कुछ समय बाद ही वे विद्याधर भी युद्ध में शामिल हो गए जो पहले रथहीन हो गए थे और मजबूरन रण से भाग खड़े हुए थे। श्रुतशर्मा जैसे महारथी योद्धाओं के साथ मिलकर वे सभी प्रभास व उसके सहयोगियों से भिड़े रहे। यह देखकर सूर्यप्रभ ने प्रभास की सहायता के लिए भेजा प्रज्ञाढ्य सहित कुछ अन्य महारथियों को। वे सब तो आकाश मार्ग से युद्धभूमि में पहुंचे, किंतु उनके रथों को भूतासन विमान से भेजा गया। प्रज्ञाढ्य के सहयोगियों में वीरसेन, शतानीक जैसे योद्धा भी थे।

जब वे सब अपने-अपने रथों पर सवार हो गए, तब श्रुतशर्मा व अन्य विद्याधर भी एकत्र होने लगे। बस इसके बाद उनके साथ प्रभास व उनके योद्धाओं का युद्ध प्रारंभ हो गया। दोनों सेनाओं के अनेक योद्धा मारे गए। राजा वीरसेन ने विद्याधर धूम्रलोचन का अंत किया। किंतु बाद में स्वयं वीरसेन भी रथहीन हो गया और हरिशर्मा ने उसे मार डाला।

अभिमन्यु ने हिरण्याक्ष का वध कर दिया तो सुनेत्र ने अभिमन्यु को मार डाला। इस पर प्रभास ने सुनेत्र और हरिभर के सिर काट दिए। उधर ज्वालामाली और हतायु परस्पर कट कर मर गए। कुंभीरक और नीरसक दांतों के प्रहार

से तो महापराक्रमी सुशर्मा भुजाएं कट जाने के कारण मारे गए। व्याघ्रघट, शत्रुभट और सिंहभट जैसे विद्याधरराज, राजा प्रवहण के शिकार हुए। किंतु प्रवहण को सुरोह और विरोह ने मार डाला। कुछ ही देर बाद वे दोनों भी सिंहबल के हाथों मारे गए। राजपूत योद्धा शतानीक ने पूर दस विद्याघरों का अंत कर दिया। ये थे—प्रेतवाहन, सिंहबल, चित्रापीड, जगज्ज्वर, शूर, कान्तापति, महाबल, सुवर्ण, कामधन तथा क्रोधपति।

विद्याघरों की सेना की ऐसी क्षति देख कर श्रुतशर्मा क्रोधावेश में स्वयं ही शतानीक पर आक्रमण कर बैठा। दोनों योद्धाओं व उनकी सेना के मध्य शाम तक भयंकर युद्ध होता रहा। इस युद्ध को देख देवता भी हैरान रह गए। शाम होते-होते सैकड़ों कबन्ध, भूत-प्रेतों से प्रभावित हो कर नृत्य के उत्सव के लिए खड़े हो गए। रात घिरने लगी, तो दोनों सेनाओं के शेष योद्धा अपने-अपने शिविरों में पहुंच गए।

यही वह समय था जब विद्याघरों के दो प्रमुख सुमेरु के सूचित करने पर, श्रुतशर्मा का पाला छोड़कर सूर्यप्रभ के पास आए। प्रणाम किया और कहने लगे– ''हम महापान और सुमाय हैं। हमारा साथी सिंहबल मारा गया। हम महाश्मशान के अधिपतित्व से सिद्ध हुए हैं, इसलिए विद्याघर राजा हमें नहीं हरा सकते। एक समय की बात है, श्मशान में बैठे हम लोगों के पास, हमेशा खुश रहने वाली योगिनी शरमानना आई। हमने उसे प्रणाम किया और पूछा, ''तुम रहती कहां हो? तुमने वहां क्या-क्या देखा? वहां का हाल बताओ!''

तब वह योगिनी बताने लगी, ''मैं अपने साथ की योगिनियों के साथ अपने स्वामी महाकाल के दर्शन करने गई थी।

## शरमानना का पराक्रम

वहां एक बेतालपति मेरे सामने ही महाकाल से कहने लगा, ''महाराज, विद्याघर राजाओं द्वारा नियुक्त अग्निक नाम के हमारे महासेनापति की एक अद्वितीय सुंदरी कन्या को तेजःप्रभ हरण करके ले जा रहा है। सिद्धों के आदेश से वही कन्या भावी विद्याघर चक्रवर्ती की पत्नी बनने वाली है। इसलिए अब स्वामी, आप उसे छुड़ा दें।''

तब महाकाल स्वामी ने हमें आदेश दिया कि जाओ, और उसे छुड़ाओ। हमने आकाश मार्ग से उड़कर उस कन्या को हासिल तो कर लिया है। हमसे

तेजःप्रभ ने कहा कि वह विद्याधर चक्रवर्ती श्रुतशर्मा के लिए उसे ले जा रहा है। हमने आत्मशक्ति से उसका स्तंभन कर, उस सुंदरी को ले जाकर महाकाल को अर्पित कर दिया। किंतु महाकाल ने वह कन्या उसके बंधुओं को दे दी।

यह अभूतपूर्व दृश्य देखकर मैंने महाकाल को प्रणाम किया और फिर यहां आ गई।''

योगिनी की ये बातें सुनकर हम लोगों ने उससे पूछ लिया, ''जब तुम सब जानती ही हो, तो जरा ये बता दो कि भविष्य में विद्याधर चक्रवर्ती कौन होने वाला है?''

योगिनी के मुख से इसके उत्तर में सूर्यप्रभ का नाम निकला ही था कि सिंहबल कहने लगा, ''यह झूठ है। श्रुतशर्मा की ओर से तो इन्द्र सहित अन्य देवता भी तैयार ही खड़े हैं।''

इतना सुनते ही, वह योगिनी कहने लगी, ''यदि तुम्हें यकीन नहीं, तो ध्यान से सुन लो! बहुत जल्द श्रुतशर्मा और सूर्यप्रभ के बीच युद्ध होगा। उसी समय यदि तुम्हारे सामने सिंहबल मनुष्यों द्वारा मार दिया जाएगा, तो तुम लोग समझोगे कि मैं जो कह रही हूं, वही सच है।'' अपनी बात पूरी कर वह योगिनी चल दी। धीरे-धीरे वह समय पीछे छूट गया और हम लोगों ने देखा कि एक मनुष्य ने सिंहबल को मार डाला है। यही कारण है कि आपको आकाशचर विद्याधरों का चक्रवर्ती मान हम आपके चरणों में उपस्थित हुए हैं। अब हम आपकी ही आज्ञा का पालन करेंगे।''

तब सूर्यप्रभ ने मय आदि की सलाह लेकर महायान तथा सुभाय को सम्मानित किया। यह समाचार जैसे ही इन्द्र को मिला, उसने गंधर्व विश्वावसु को दूत बनाकर श्रुतशर्मा के पास भेज दिया। उससे यह संदेश देने को कहा कि ''तुम धीरज रखो। सुबह के समय मैं सभी देवताओं के साथ युद्ध भूमि में तुम्हारी सहायता के लिए उपस्थित रहूंगा।''

सूर्यप्रभ, शत्रुपक्ष की परस्पर दरार को देख समझ रहा था कि युद्ध में वही विजयी होगा। वह उस रात्रि भी अपनी पत्नियों के साथ न रहकर, मंत्रियों को साथ ले शयनकक्ष में चला गया।

## सूर्यप्रभ-चरित

पत्नियों को अलग छोड़, उस रात युद्ध के लिए उत्साहित सूर्यप्रभ बिस्तर पर लेटे-लेटे ही अपने मंत्री वीतभीति से बातें करने लगा। वह कह रहा था—"मित्र, नींद तो आ नहीं रही। इसलिए तुम मुझे सात्विक वीरता से भरी कोई कहानी सुनाओ!"

बस, फिर क्या था! वीतभीति ने यह कहानी सुनानी शुरू कर दी—"इस धरती का शृंगाररूप है उज्जयिनी नाम की एक नगरी। वह निर्मल गुणों से गूंथी गई रत्नावली की तरह है।"

## ब्राह्मण गुणशर्मा की कथा

"उज्जयिनी में गुणीजनों का चहेता महासेन नाम का एक राजा था। उसमें सारी कलाएं विद्यमान थीं। उसका प्रताप सूर्य जैसा और शील चन्द्रमा सरीखा था। महासेन की एक रानी थी चन्द्रवती, जो उसे अपने प्राणों से भी अधिक प्यारी थी। वह इतनी सुंदर थी कि तीनों लोकों में उस जैसी कोई थी ही नहीं। महासेन, अपनी रानी के साथ मिलकर शासन करता और अपने सबसे निकट के मित्र गुणशर्मा पर गर्व करता। गुणशर्मा था भी अत्यंत रूपवात, वेद-विद्याओं का ज्ञाता, कलाओं व शस्त्र विद्याओं में पारंगत।

"एक बार गुण शर्मा राजा-रानी के साथ रनिवास में बैठा था। तभी नृत्य कला पर बातें होने लगीं। इसी समय गुणशर्मा से राजा ने कहा—'तुम हो तो सर्वज्ञ! इसमें संदेह नहीं। किंतु हमारे मन में एक जिज्ञासा यह है कि क्या तुम नृत्य करना जानते हो! यदि जानते हो, तो नृत्य करके दिखाओ!'

"यह सुनते ही गुणशर्मा मुस्करा दिया। वह राजा से कहने लगा— 'जानता तो हूं, किंतु राज-सभा में नाचना ठीक न होगा। ऐसा नृत्य मूर्ख करते हैं और वह हंसी का कारण बन जाता है। यही नहीं, ऐसा नृत्य तो शास्त्रों में भी वर्जित है। नृत्य, वह भी राजा-रानी के सामने! यह तो लज्जा व धिक्कार का विषय है। लेकिन रानी थी कि कौतूहल से भरी बैठी थी। उसे देख राजा ने फिर गुणशर्मा से कहा—'यह कोई रंगमंच का नृत्य तो है नहीं, कि पुरुष के लिए लज्जा का कारण बने। यहां तो एक गुप्त मित्र-मंडली ही उपस्थित है। इसमें तो बस अपनी कला-विद्वता का प्रदर्शन भर करना है। और फिर मैं तुम्हारा मंत्री हूं। राजा नहीं। आज तो मैं तुम्हारा नृत्य देखे बगैर भोजन करने से रहा।'

''अब गुणशर्मा क्या करता! राजा का ऐसा आग्रह देख उसने नृत्य करना स्वीकार कर लिया। ठीक भी है, यदि राजा ही हठ करने लगे, तो उसकी आज्ञा को न मानना किसके बस की बात है!

''इसके बाद तो फिर गुणशर्मा ने इतना आकर्षक आंगिक नृत्य किया कि उसे देखकर राजा और रानी, दोनों ही मोहित हो गए। जब नृत्य संपन्न हो गया, तो राजा ने गुणशर्मा को वीणा बजाने को थमा दी। वीणा पर पहली ही झंकार दी थी कि गुणशर्मा राजा से बोला, ''महाराज, आप मुझे दूसरी वीणा दे दें, यह ठीक नहीं है। इस वीणा के भीतर तो कहीं कुत्ते का बाल लगता है। तार झंकृत होते ही मुझे यह पता लग गया है।'' यह कहते हुए, गुणशर्मा ने गोद से वीणा उतार कर रख दी।

''राजा ने वीणा की घुंडी को उमेठ कर देखा, तो पाया कि उसमे वाकई कुत्ते का बाल है। राजा ने हैरानी जाहिर की और गुणशर्मा की सर्वज्ञता की तारीफ करते हुए, उसे दूसरी वीणा मंगाकर दे दी। इसके बाद तो गुणशर्मा ने जो वीणा वादन किया, तो लगा कि गंगा का सुखद प्रवाह हो रहा है और स्वरलहरी तीन मार्गों से चलती कानों को पवित्र किए जा रही है।

''राजा-रानी गुणशर्मा के चमत्कार को देख चकित तो थे ही, उसने उन्हें शस्त्र और अस्त्र विद्या भी दिखा दी। किंतु राजा इससे भी संतुष्ट न हुआ और बोला, ''तू यदि युद्ध विद्या जानता है तो शस्त्र हाथ में लिए बगैर ही शस्त्रधारी मुझ को हरा दे।''

''यह सुनकर गुणशर्मा राजा से बोला, 'ठीक है महाराज, आप शस्त्र लेकर मुझ पर प्रहार करें। अब मैं दिखाता हूं अपना कौशल।'

''यह सुनते ही राजा ने गुणशर्मा पर तलवार से प्रहार प्रारंभ कर दिया। तलवार के बाद वह कई अन्य अस्त्रों से भी प्रहार करता रहा। किंतु यह क्या, गुणशर्मा तो उसे अपने कौशल से तुरंत ही छीन लेता था। धीरे-धीरे जब उसने राजा द्वारा प्रयोग किए गए सभी अस्त्र छीन लिए, तो वह राजा को बांधने लगा।

''यह देख, राजा प्रसन्न हो गया। उसे समझ में आ गया था कि यह व्यक्ति राज्य का सहायक हो सकता है। उसने न सिर्फ उसकी प्रशंसा की, पर्याप्त मान-सम्मान भी प्रदान किया। उधर रानी की हालत यह थी कि वह गुणशर्मा

की सुंदर जवानी और कलात्मक गुणों के कारण पूरे मन से उस पर अनुरक्त हो गई। वह सोचने लगी कि यदि मैं इसे न पा सकी तो मेरा जीवन बेकार है। इस पर तो मैं जी-जान से न्यौछावर हो चुकी हूं। इसी विचार के साथ वह राजा से कहने लगी, 'प्रिय, इस गुणशर्मा के वीणा वादन से मुझे बहुत आनंद मिला है।'

''इतना सुनना था कि राजा गुणशर्मा से कहने लगा, 'तुम अब रानी को वीणा बजाना अच्छी तरह से सिखा दो!'

''गुणशर्मा ने कहा, 'ठीक है, जैसा आप चाहें। इस काम को किसी अच्छे दिन ही शुरू करूंगा।' और फिर वह अपने घर की ओर चल दिया। चल तो दिया, किंतु उसे रानी की भेद-भरी नजर याद आ रही थी। इसी कारण उसने कुछ समय के लिए रानी को वीणा सिखाने का विचार ही टाल दिया।

''कुछ दिन बाद की बात है। राजा भोजन कर रहा था और गुणशर्मा उसके पास ही बैठा हुआ था। जैसे ही भोजन परोसने वाला आया, उसने कहा, 'मत दो, मत दो!' यह सुनते ही परोसने वाले का हाथ रुक गया।

''ऐसा क्यों!' राजा ने पूछा तो गुणशर्मा ने कहा, 'यह व्यंजन तो जहरीला है। मैं परोसने वाले को देखकर ही, यह समझ गया था। परोसते वक्त इसने कांपते हाथों, आशंका और चंचल नजर से मेरी तरफ देखा था। चलो, अभी पता चल जाएगा। यह व्यंजन किसी को खिलाकर देखें! चिंता न करें, मैं उसके विष के असर को दूर कर दूंगा।'

''यह सुनते ही, राजा ने वह व्यंजन उसी परोसने वाले को खिला दिया। खाते ही वह बेहोश हो गया। वह बेहोश हो गया, तो गुणशर्मा ने अपने मंत्र से उसे ठीक कर दिया। जब वह होश में आ गया, तो राजा ने उससे इसका रहस्य पूछा। इस पर होश में आया वह कहने लगा—'हे राजा, गौड देशाधिपति ने तुम्हें मार डालने के लिए यह जहर भिजवाया था। लेकिन मैं भी एक विदेशी बनकर तुम्हारे रसोईघर में जा घुसा। बहाना यह बनाया कि मैं भी पाक-कला में दक्ष हूं। लेकिन जैसे ही मैं भोजन में विष मिला रहा था, इस विद्वान ने मुझे पकड़ लिया। इसके बाद का हाल तो आपको पता ही है।'

''यह सुनना था कि राजा को क्रोध आ गया। उसने उस कारिंदे को कठोर दंड दिया और गुणशर्मा को पुरस्कृत किया।

''बात आई-गई हो गई। कुछ दिन बाद, एक दिन रानी फिर वीणा सीखने की जिद करने लगी। जब वह न मानी, तो एक दिन गुणशर्मा ने उसे वीणा सिखाना प्रारंभ कर दिया। प्रारंभ तो कर दिया, किंतु गुणशर्मा जब उसे वीणा-वादन सिखाता, रानी हरदम कामचेष्टाओं में ही लगी रहती।

''एक बार जब वह इसी प्रयास में नाखून गड़ाने लगी, तो उसे गुणशर्मा ने रोकना चाहा। यह देखकर रानी कहने लगी, 'हे रूपवान, वीणा-वादन के बहाने मैंने तुम्हें हासिल किया है। तुम्हारे प्रति मैं अनुरक्त हो उठी हूं। अब, बस तुम मेरा उपभोग कर ही लो!'

''यह सुनकर गुणशर्मा ने रानी को समझाया, 'ऐसा क्यों कहती हो! तुम तो मेरे स्वामी की पत्नी हो। मैं ऐसा स्वामिद्रोह कभी नहीं कर सकता।'

''रानी पर उसकी बात का भला क्या असर होना था! वह उससे कहने लगी, 'अरे नीरस इंसान, तुम्हारे इस रूप-यौवन और कला-कौशल का महत्व ही क्या है! तुम जब मुझ जैसी कामातुरा प्रेमिका की अवहेलना कर रहे हो!'

''गुणशर्मा हंसते हुए बोला, 'सही कहती हो, ऐसी चतुराई का क्या फायदा जो दूसरे की स्त्री के अपहरण से निंदा का कारण बने! इस लोक में ही नहीं, परलोक में भी नरक में जाकर पतन का कारण बने!'

''यह सुनकर रानी को क्रोध आ गया। वह कहने लगी, 'अगर तुमने मेरी बात न मानी, तो मैं मृत्यु को तो अवश्य प्राप्त हो जाऊंगी, किंतु मरने से पहले तुम्हें खत्म कर जाऊंगी।'

''गुणशर्मा भला चुप क्यों रहता! तुरत बोल उठा, 'मैं मर भले ही क्यों न जाऊं, तुम्हारी यह बात नहीं मान सकता। धर्म में बंधी एक क्षण की जिंदगी भी बढ़िया है, लेकिन अधर्म में रहकर लंबे जीवन को भी अच्छा नहीं कहा जा सकता। पाप किए बगैर, मेरी मृत्यु प्रशंसनीय होगी, लेकिन पाप करते हुए निंदायुक्त राजशासन का उपभोग ठीक नहीं।'

''रानी पर तो काम का भूत सवार था। वह गुणशर्मा से कहने लगी, 'गुणशर्मा, तुम मेरी और अपनी आत्मा से विद्रोह क्यों कर रहे हो? जो मैं कह रही हूं, उसे सुनो! राजा कभी मेरी असंभव बात को भी नहीं टाल सकता। मैं उससे कहकर तुम्हें किसी देश का शासन दिला दूंगी। सभी सामंत तुम्हारे अनुयायी बन जाएंगे। तब तुम उज्जवलगुण राजा बन जाओगे! ऐसे में फिर

तुम्हें किसी का डर नहीं रहेगा। कोई तुम्हें अपमानित भी न कर सकेगा। अब तुम सारी शंकाओं को त्याग, बस मेरा उपभोग कर लो! तुमने ऐसा न किया, तो तुम्हारा अंत निश्चित है।'

"रानी का हठभरा यह आग्रह देख कर गुणशर्मा ने एक युक्ति निकाल ली और तात्कालिक दुविधा को टालने के लिए बोला, 'यदि तुम ऐसा आग्रह कर रही हो, तो मैं तुम्हारी बात अवश्य मान लूंगा। लेकिन भेद खुल जाने की आशंका के चलते, अभी तुम्हारा ऐसा करना ठीक नहीं। कुछ दिन इंतजार कर लो। मैं सच कह रहा हूं। तुम्हारा विरोध करते हुए, मैं सर्वनाश को निमंत्रण तो नहीं दे सकता!'

"इस तरह, रानी को भविष्य में उम्मीद बंधवा कर, रानी से फिर कभी मिलने का वादा कर गुणशर्मा किसी तरह उस जगह से निकल आया।

"कुछ दिनों बाद ही अचानक एक दिन राजा महासेन ने किले में रहते राजा सोमकेश्वर पर आक्रमण कर दिया। उसने उसे हर ओर से घेर लिया। अपने मित्र को घिरा देख, गोड़राज विक्रमशक्ति ने आक्रमण कर महासेन को घेर लिया। ऐसे में महासेन ने गुणशर्मा से कहा, 'हमने एक राजा को घेरा, किंतु अब हम खुद घिरे पड़े हैं। दोनों से एक साथ युद्ध तो हम कर नहीं सकेंगे। युद्ध न करें, तो ऐसे कब तक घिरे रहेंगे! ऐसे समय, हमें करना क्या चाहिए?'

"राजा की बात सुनकर गुणशर्मा ने कहा, 'आप धीरज रखिए। मैं कुछ उपाय करता हूं। आप इस संकट से बाहर निकल जाएंगे।'

"राजा को आश्वस्त करने के बाद गुणशर्मा ने अंतर्धान होने वाला काजल लगाया और अदृश्य होकर रात के समय ही जा पहुंचा विक्रमशक्ति के शिविर में। उसने वहां पहुंचते ही विक्रमशक्ति को जगा दिया और बोला, 'मैं हूं देवदूत। तुम्हें एक विशेष बात बताने आया हूं। यदि तुम अपना भला चाहते हो, तो महासेने से संधि कर लो। जितनी जल्दी संभव हो, यहां से दूर निकल जाओ। ऐसा नहीं किया, तो तुम्हारा अकल्याण हो जाएगा। किंतु यदि तुम दूत से संधि का प्रस्ताव भिजवाओगे, तो वह अवश्य उसे स्वीकार कर लेगा। मुझे विष्णु ने यह संदेश देकर तुम्हारे पास भेजा है। वह अपने भक्तों को बहुत चाहते हैं, और तुम हो पक्के विष्णुभक्त।'

''इतना सुनते ही राजा विक्रमशक्ति सोचने लगा, लगता है यह देवदूत ठीक ही कह रहा है। यहां आ सकना तो अन्य किसी के बस की बात भी नहीं! और यह देखने में भी मनुष्य सरीखा नहीं लग रहा। यह सोचते ही उसने कहा, 'धन्य हूं मैं, जिसके लिए भगवान विष्णु ने स्वयं यह संदेश भिजवाया है। मैं तुरंत उनके आदेश का पालन करता हूं।'

''गुणशर्मा ने उसकी यह बात सुनी और फिर अदृश्य हो, वहां से चला आया। महासेन के पास आकर उसने सारा वृत्तांत कह सुनाया। वृत्तांत सुन, महासेन बड़ा खुश हो गया। उसने गुणशर्मा को गले से लगा लिया।

''दूसरे दिन सुबह-सुबह विक्रमशक्ति का दूत आ पहुंचा और महासेन को संधि प्रस्ताव सुना दिया। महासेन द्वारा प्रस्ताव मानते ही, वह अपनी सेना लेकर चल दिया। कुछ समय बाद वह अपनी राजधानी जा पहुंचा।

''गुणशर्मा की बुद्धिमत्ता के कारण महासेने न केवल इस युद्ध से बच गया, उसने उसे उज्जयिनी में एक दिन नदी में स्नान करते समय बड़े संकट से भी बचाया। जब महासेन स्नान कर रहा था, एक ग्राह ने उस पर आक्रमण कर दिया। गुणशर्मा ने देख लिया और महासेन की रक्षा की। इसके बाद एक दिन महासेन उद्यान में भ्रमण कर रहा था। वहां एक सांप ने जैसे ही राजा को डसना चाहा, गुणशर्मा ने उसे बचा लिया।

''धीरे-धीरे, जब सब कुछ सामान्य चलने लगा, तो एक दिन महासेन ने अपनी शक्तिसंपन्न सेना को लेकर राजा विक्रमशक्ति पर आक्रमण कर दिया।

''आक्रमण होता देख, विक्रमशक्ति भी निकल आया। दोनों के बीच घमासान युद्ध होता रहा। जब दोनों राजा रथहीन हो गए, तो वे पैदल ही लड़ने लगे। दोनों एक-दूसरे की ओर खड्ग लेकर दौड़े। तभी महासेन का पांव उत्तेजना के कारण फिसल गया। पांव क्या फिसला, वह गिर ही गया। इधर वह गिरा और उधर खड्ग हाथ में संभाले राजा विक्रमशक्ति उस पर हमला करने लगा। उसे ऐसा करता देख, गुणशर्मा ने उसके खड्गधारी हाथ को चक्र से काट डाला। यही नहीं, इसके बाद उसने विक्रमशक्ति को एक लौह दंड से मार डाला।

''महासेन ने यह दृश्य देखा तो वह बड़ा खुश हो गया। वह उत्साह में गुणशर्मा से कहने लगा, 'अब मैं क्या कहूं! तुमने इस प्रकार पांचवीं बार मुझे बचाया है।'

''इसके बाद तो फिर महासेन ने विक्रमशक्ति की सेना को परास्त कर उसके राज्य पर अधिकार कर लिया। गुणशर्मा के सहयोग से, इसके बाद उसने अनेक अन्य राजाओं को भी हरा दिया और अपने अधीन कर लिया। इसके बाद वह उज्जयिनी लौट आया।

''जब गुणशर्मा को राजा के साथ, रानी अशोकवती ने उज्जयिनी आया देख लिया, तो वह उत्कंठित हो उठी। वह फिर गुणशर्मा से बारंबार अपने उपभोग की प्रार्थना करने लगी। वह प्रार्थना करती रहती और गुणशर्मा उसे टालता रहता।

''सच तो यह है कि अच्छे लोग मरना भले स्वीकार कर लें, दुराचरण स्वीकार नहीं करते।

''गुणशर्मा की मंशा को भांप रानी अशोकवती ने भी मन ही मन उससे दुश्मनी गांठ ली। एक दिन वह उदासी का नाटक-सा करती हुई, रुआंसी लेटी पड़ी थी। तभी महासेन वहां आ पहुंचा। उसने रानी को इस हालत में देखा, तो पूछने लगा– 'क्या हुआ? तुम्हारा मन ऐसा किसने कर दिया? बताओ तो जरा, वह जो भी है, मैं अभी उसका सर्वनाश कर डालता हूं।'

''तीर सही निशाने पर लगा देख रानी संतुष्ट हो गई और बनावटी तकलीफ में राजा से कहने लगी–'अरे, ये बात ऐसी नहीं है कि जिसे जाहिर करने से कोई फायदा हो सकेगा! बात ये है कि जिसने मुझे तकलीफ पहंचाई है, उसे तुम दंडित तो कर नहीं सकते! फिर भी, अगर तुम जिद ही कर रहे हो, तो सुनो! मैं बताए देती हूं...'

''असल बात ये है कि गुणशर्मा गोड़ेश्वर के साथ मिलकर षड्यंत्र कर, तुम से छल करना चाहता था। वह गोड़ेश्वर से धन लेना और तुम से द्रोह करना चाहता था। वह ब्राह्मण इतना गिरा हुआ है कि इसी ने गोड़ेश्वर को राजा बना देने के लिए गुप्त दूत भिजवाया था। इतना सुनना था कि राजा का एक विश्वस्त रसोइया बोला– 'अरे, पैसा क्यों बरबाद करते हो, यह काम तो मैं ही कर दूंगा।' यह कहने के बाद उसने गुणशर्मा के दूत को तो बंधक बना लिया और रसोइया तुम्हें गुपचुप ढंग से विष देने को चला आया। इधर वह तुम्हें विष देने आया और उधर गुणशर्मा का बंधक बना वह दूत किसी तरह छूट निकला। छूट ही निकला, तो उसने रसोइए की सारी चतुराई गुणशर्मा

से कह सुनाई। रसोइया तो हमारी ही रसोई में था, इस कारण गुणशर्मा ने उसे विष देने के प्रयास के समय ही तुम्हें संकेत कर दिया। उस चतुर ने उसे मरवा दिया।

''रसोइया घर न पहुंचा, तो उसका हाल-चाल पता करने, उसकी मां, पत्नी व भाई आ पहुंचे। उनके आने की खबर मिलते ही, गुणशर्मा ने उन्हें भी मरवा दिया। संयोग से रसोइए का एक भाई भागकर मेरे पास आ पहुंचा। उसने मुझे सारा किस्सा बताया। वह अभी किस्सा बयान कर ही रहा था कि गुणशर्मा वहीं आ पहुंचा। उसे देख, मेरे मुंह से गुणशर्मा का नाम निकल गया। यह सुनते ही, वह रसोइए का भाई वहां से भाग निकला। गुणशर्मा को, उसके मेरे पास आने की सूचना उसके अनुचरों ने दी थी। मेरे पास आते ही उसका सोचता हुआ-सा चेहरा खराब हो गया। यह देखकर मैंने उससे पूछ लिया, 'गुणशर्मा, तुम आज बदले-बदले से क्यों दिख रहे हो?' उस समय वहां मेरे और उसके सिवा कोई न था।

''गुणशर्मा को लगा कि उसका रहस्य तो खुल ही जाएगा, वह मुझसे कहने लगा, 'रानी, मैं तुम्हारे प्रेम की आग में जल रहा हूं। अब बस, तुम मुझे स्वीकार ही कर लो! यदि ऐसा न हो सका, तो मैं जीवित न रह सकूंगा। मुझे स्वीकार करते हुए, तुम बस मेरी जान बचा लो!' यह कहते-कहते वह मेरे चरणों पर आ गिरा। वह आ गिरा, तो मैं किसी तरह अपने पैर छुड़ाकर उठने लगी ही थी कि उसने मुझे अपने आगोश में ले लिया। ठीक उसी वक्त मेरी सेविका पल्लविका ने वहां प्रवेश किया। उसे देखते ही गुणशर्मा ऐसा भयभीत हुआ कि भाग खड़ा हुआ। पल्लविका ऐन वक्त पर न पहुंची होती, तो वह मुझे भ्रष्ट ही कर छोड़ता।''

''अपनी यह झूठी कहानी सुनाकर रानी खामोश हो गई। खामोश क्या हुई, रोने लगी। ठीक ही कहा है—पहले झूठ पैदा हुआ होग, इसके बाद स्त्रियां।

''और तो खैर जो था, सो था, किंतु रानी की बात सुन राजा को बड़ा गुस्सा आ गया। क्यों न आता! स्त्रियों की बातों पर यकीन करते हुए तो अच्छे से अच्छे विवेकी का विवेक नष्ट हो जाता है। राजा तुरंत रानी से कहने लगा, 'रूपसी, तुम बस जरा धीरज रखो। मैं उस द्रोही को मार कर ही रहूंगा। बस, बात ये है कि उसे मारना जरा सोच-समझ कर होगा, नहीं तो हर ओर निंदा होने लगेगी। क्योंकि यह तो सभी जानते हैं कि उसने मुझे पांच बार मरते-मरते

बचाया है। और इसका यह अपराध ऐसा है कि लोगों में जाहिर भी नहीं किया जा सकता।'

"राजा की यह बात सुनते ही रानी बोल उठी–'चलो, यह अपराध घोषित नहीं किया जा सकता, तो क्या यह भी घोषित नहीं किया जा सकता कि उसने गौड़ेश्वर से मिलकर राजद्रोह करना चाहा था!'

"हां, ये तो तुमने ठीक बात कही!" कहते हुए राजा अपने राजभवन में चला आया। वह राजभवन में पहुंचा ही था कि उसके दर्शन के लिए सामंत राजा, राजकुमार, मंत्री तथा सचिव वहीं पहुंच गए। वे सब पहुंच ही रहे थे कि गुणशर्मा भी अपने निवास से राजभवन के लिए पड़ दिया। चल तो दिया, किंतु रास्ते में उसे कई अपशगुन दिखाई देने लगे। एक कौआ बाईं तरफ से उड़ता निकल गया, तो बाईं तरफ से एक कुत्ता निकल कर दाईं तरफ चला गया। एक सांप दाईं तरफ से बाईं तरफ चला गया तो उका कंधा और बाईं भुजा अचानक फड़कने लगी।

"ऐसा होता देख गुणशर्मा ने सोचा, 'इन अपशकुनों का जो भी बुरा परिणाम होना हो, मुझ पर भले हो जाए, मेरे स्वामी पर जरा भी न हो। उनका बस भला ही हो।' सोचते हुए वह राजभवन में जा पहुंचा। पहुंच तो गया, किंतु उसे यह आशंका बनी रही कि यहां अब कोई अनिष्ट न हो जाए! गुणशर्मा ने सदा की तरह राजा को प्रणाम किया, किंतु राजा की नजर में कोई उत्साह नहीं था। उसने गुणशर्मा का मौखिक स्वागत भी नहीं किया। क्रोध से भरी तीखी नजर सीधी भले न थी, लेकिन राजा उसे देख जरूर रहा था।

"आज ये ऐसी क्या बात हो गई! गुणशर्मा अभी सोच ही रहा था कि राजा उठा और गुणशर्मा के कंधे पर चढ़ बैठा। यही नहीं, उसने अपने मंत्रियों से कहा, 'गुणशर्मा के लिए आप सब मेरा न्याय सुन लें।'

"इतना सुनते ही गुणशर्मा ने कहा, 'आप स्वामी हैं और मैं आपका सेवक। हम दोनों का समान व्यवहार नहीं हो सकता। कृपया आप अपने आसन पर बिराजें, फिर जैसी इच्छा हो, आज्ञा सुनाएं।'

"धैर्यवान गुणशर्मा ने जब ऐसा कहा, तो राजा के सभासद भी उसे समझाने लगे। ऐसे में राजा अपने आसन पर जा बैठा। इसके बाद उसने कहा, 'आप लोग जानते ही हैं, कुल के क्रम से आए मंत्रियों को छोड़, मैंने इस गुणशर्मा

को अपने समान कर डाला। इस ने दूत भेजकर और बुलवाकर गौड़देश के राजा से साठ-गांठ कर यहां राजद्रोह करने की योजना बनाई....।' यही नहीं, उसने अशोकवती की बताई सब बातें कह डालीं। कुछ करीबी सभासदों को उसने यह भी बता दिया कि गुणशर्मा ने रानी अशोकवती का शीलहरण करने की सोची।

''गुणशर्मा ने राजा से कहा, 'महाराज, आपसे यह झूठी बातें किसने कह दीं?'

''यह सुनते ही राजा बोला, 'अगर ये सब सच नहीं है, तो फिर यह बताओ कि तुम्हें बर्तन में रखे भोजन में विष होने की बात कैसे पता चल गई!'

'ज्ञान से सब पता चल जाता है।'' जैसे ही गुणशर्मा ने कहा, उसके विरोधी मंत्रियों ने कहा, 'यह संभव ही नहीं है महाराज!'

''गुणशर्मा कहां चुप रहने वाला था। उसने कहा, 'सच की परख किए बगैर ऐसा कहना ठीक नहीं है। राजा विवेकहीन हो, यह तो कभी प्रशंसा की बात नहीं हो सकती।'

''राजा को यह सुनकर इतना आवेश आ गया कि राजा उठा और उसने गुणशर्मा पर छुरे का वार करते हुए कहा, 'तू सच में बड़ा ढीठ है।'

गुणशर्मा ने कलाबाजी खाते हुए, राजा के वार से खुद को बचा लिया। तभी दूसरे सभासद भी गुणशर्मा पर छुरे से वार करने लग गए। लेकिन गुणशर्मा की बराबरी कौन कर सकता था! उसने अपनी विशेष कला दिखाते हुए सभी के छुरे छीन लिए। इसके बाद उसने उन सबको सिरों के बलों से परस्पर बांध दिया। अब वे सब गुणशर्मा के सामने विवश थे। गुणशर्मा उन्हें छोड़ सभा से निकला, तो पूरे सौ सवारों ने उसका पीछा किया। लेकिन गुणशर्मा ने उन्हें भी मार डाला। उसके पास गांठ में बंधा काजल था। उसे आंख में लगाते ही, वह अदृश्य हो कर देश से बाहर चल दिया। वह दक्षिण मार्ग की ओर बढ़ रहा था और सोच रहा था– 'रानी अशोकवती ने ही उसे उका दिया... वह राजा तो मूर्ख है ही।'

''प्रेमियों से अपमानित स्त्री, जहर से भी ज्यादा खतरनाक होती है। लेकिन जो राजा तत्व की परख न कर सकें, वे भी सज्जनों के लिए ठीक नहीं कहे

जा सकते। सोचता-सोचता गुणशर्मा जा पहुंचा एक गांव में। वहां देखता क्या है कि एक ब्राह्मण वट वृक्ष के नीचे बैठा, अपने शिष्यों को पढ़ाने में लगा है।

''गुणशर्मा ने उसे प्रणाम किया, तो ब्राह्मण ने भी उसका सत्कार करते हुए पूछा, 'हे ब्राह्मण, आप किस शाखा का अध्ययन करते हैं?' गुणशर्मा ने उत्तर दिया, 'मैं बारह शाखाओं का अध्येता हूं। इनमें दो सामवेद से हैं, दो ऋग्वेद से, सात यजुर्वेद से और एक अथर्ववेद से है।'

''इतना सुनते ही ब्राह्मण के मुंह से निकला, 'अरे, तुम तो देवता के समान हो! जरा ये तो बताओ कि तुम किस देश में जन्मे और तुम्हारी शिक्षा कहां हुई? तुम्हारा नाम क्या है?'

## गुणशर्मा के जन्म की कथा

'गुणशर्मा ने अपने बारे में बताना शुरू कर दिया– ''उज्जयिनी में एक ब्राह्मण आदित्यशर्मा रहा करता था। बचपन में ही उसके पिता का निधन हो गया। पिता का निधन हुआ, तो मां उसी के साथ चल बसी। मां-पिता के गुजर जाने के बाद आदित्यशर्मा अपने मामा के घर रहकर वेदों व अन्य कलाओं का अध्ययन करता रहा। जब उसका अध्ययन पूरा हुआ, तब उसकी दोस्ती एक ऐसे संन्यासी से हो गई जो जप का व्रत कर रहा था। दोस्ती हो ही गई तो वह संन्यासी अपने दोस्त आदित्य शर्मा के साथ श्मशान में जाकर हवन करने लगा। यह हवन वह यक्षिणी की सिद्धि के लिए कर रहा था।

''एक दिन श्मशान में सोने के विमान में बैठी और कन्याओं से घिरी एक रूपसी वहां प्रकट हुई। उसने संन्यासी से कहा, 'मैं हूं यक्षिणी विद्युन्माला। मेरे साथ आई ये सब भी यक्षिणियां ही हैं। तुम्हारी मंत्र साधना से इतनी सिद्धि हुई है कि तुम इनमें से एक यक्षिणी ले लो! बात यह है कि तुमने मेरे मंत्र को सिद्ध करना पूरी तरह से नहीं जाना है। यही कारण है कि मैं तुम्हें सिद्ध न हो पाई। अब तुम दूसरा कष्ट बेकार ही उठा रहे हो!

''यक्षिणी विद्युन्माला की बात मानकर संयासी ने एक यक्षिणी स्वीकार कर ली। जैसे ही उसने एक यक्षिणी स्वीकार की, विद्युन्माला अदृश्य हो गई। वह अदृश्य हो गई, तब आदित्यशर्मा ने उसके साथ की यक्षिणी से पूछा, 'क्या कोई यक्षिणी ऐसी भी है, जो विद्युन्माला से भी बढ़कर हो?'

''उसने उत्तर दिया, 'उत्तम यक्षिणियां तीन ही हैं। ये हैं–विद्युन्माला, चन्द्रलेखा और सुलोचना। सुलोचना इन सब में श्रेष्ठ है।'

''यह बताकर वह यक्षिणी यह कहकर चलती बनी कि समय आने पर उपस्थित हो जाऊंगी। इसके बाद फिर वह संन्यासी भी आदित्यशर्मा के संग घर चला गया।

''इसके बाद यह यक्षिणी रोजाना निश्चित समय पर आती और खुश होकर उन दोनों को मनचाहा भोजन कराती। एक दिन आदित्यशर्मा ने संन्यासी से कहलवाकर यक्षिणी से पुछवा लिया, 'सुलोचना को सिद्ध करने की विधि का जानकार कौन है?'

''यक्षिणी ने बताया, 'दक्षिण दिशा की ओर एक स्थान है तुम्बवन, जहां वेणा नदी के तट पर विष्णुगुप्त नाम का एक बौद्ध भिक्षु रहता है। वही सुलोचना को सिद्ध करने की संपूर्ण विधि जानता है।'

''इतना सुनते ही आदित्यशर्मा ने संन्यासी को संग लिया और बौद्ध भिक्षु से मिलने वेणा नदी के तट की ओर चल दिया। बड़ी कठिनाई से उन दोनों को भिक्षु का स्थान मिल पाया। वे वहीं रहने लगे। आदित्यशर्मा ने पूरे तीन साल तक पूरे मन से भिक्षु की सेवा की। पहले भिक्षु की सेवा का काम सिद्ध की गई यक्षिणी ही किया करती थी।

''आदित्यशर्मा के सेवा-भाव से प्रसन्न होकर, एक दिन भिक्षु ने उसे सुलोचना की सिद्धि का मंत्र बता दिया। मंत्र के साथ ही वह विधान भी उसने कह सुनाया जिससे मंत्र सिद्ध होना था। इसके बाद तो फिर आदित्यशर्मा रोज उस मंत्र का जाप करने लगा। एक दिन उसने एकांत में जाकर पूरी विधि से हवन कर डाला। इधर हवन पूरा हुआ और उधर वह यक्षिणी सुलोचना विमान यात्रा कर उसके पास चली आई। चली क्या आई, सहसा प्रकट होकर बोली, 'अरे आओ, तुम्हें मैं सिद्ध हो गई हूं। बस अब छह महीने तक तुम मेरा कन्याभाव सुरक्षित रखना। इसके उपरांत ही तुम मुझसे महावीर, संपत्तिवान और अच्छे लक्षणों वाला सर्वज्ञ और अजेय पुत्र प्राप्त कर सकते हो।'

''आदित्यशर्मा ने उसे ऐसा करने का आश्वासन दिया ही था कि वह उसके साथ ही अपने विमान पर सवार हो अलकापुरी चली गई। अलकापुरी में आदित्यशर्मा पूरे छह महीने तक उसके पास बैठा रहता और असिधारा व्रत

करता रहता। उसका यह संयम देख कुबेर प्रसन्न हो गया। उसने कुबेर को, सुलोचना विधिवत दान कर दी। उसी के गर्भ से उस ब्राह्मण आदित्यशर्मा द्वारा मैं उत्पन्न हुआ। मेरे पिता ने मेरे अच्छे गुण देख कर ही मेरा नाम गुणशर्मा रख दिया। बड़े होकर, मैंने अलकानगरी में यक्ष-प्रमुख मणिघर से धीरे-धीरे वेदों, विद्याओं व अनेक कलाओं का ज्ञान प्राप्त कर लिया।

''एक बार की बात है, इंद्र किसी काम से कुबेर के पास आया। उसे आया देख, सभी उठ खड़े हुए। किंतु मेरे पिता आदित्यशर्मा जाने क्या सोच रहे थे कि इन्द्र के सम्मान में खड़े न हो पाए। यह देख इन्द्र को क्रोध आ गया। उसने कहा, 'अरे जड़, तू तो मर्त्यलोक में ही जाकर रह। तू यहां रहने लायक है ही नहीं।' यह देख मां सुलोचना ने इन्द्र से प्रार्थना की। तब द्रवित हुए इन्द्र ने कहा—'ठीक है, यह न जाए, तो फिर इसका बेटा ही मर्त्यलोक को जाए! पुत्र ही आत्मा है। बस मेर कहा बेकार न चला जाए।'

''यह कहकर इन्द्र तो शांत हो गया और मेरे पिता ने मुझे उज्जयिनी ले जाकर मामा के पास ठहरा दिया। जिसका जो होना होता है, वह होकर रहता है। उज्जयिनी निवास के दौरान मेरी दोस्ती वहां के राजा से हो गई।''

''गुणशर्मा ने अपने बारे में सारी बातें बताने के बाद रानी अशोकवती और राजा द्वारा युद्ध के बाद जो कुछ किया गया, वह वृत्तांत भी कह सुनाया। फिर बोला, 'हे ब्राह्मण, उज्जयिनी से भागते हुए, रास्ते में आपसे मेरी मुलाकात हो गई।'

''यह सुनकर वह ब्राह्मण गुणशर्मा से कहने लगा, 'यदि ऐसा है, तो तुम्हारे यहां आने से मैं धन्य हुआ। मेरे घर पर आ जाएं। मेरा नाम है अग्निदत्त। इस गांव का नाम भी मेरे ही नाम पर है। अब आप बेफिक्र हो जाएं।'

''बस, फिर क्या था! अग्निदत्त अपने समृद्ध घर में गुणशर्मा को लेकर चला गया। घर में अग्निदत्त ने गुणशर्मा को उबटन, मालिश, स्नान आदि कराने के बाद सुंदर वस्त्रों और सुगंध आदि से सम्मानित किया। इसके बाद उसे अनेक प्रकार का भोजन कराया। कुछ समय बाद उसने लक्षण दिखाने के बहाने, अपनी रूपसी बेटी भी उसे दिखा दी। यह बेटी इतनी रूपवान थी कि अनेक देवता उसे अपना बना लेना चाहते थे।

''उस अनूठी रूपसी को देखने के बाद गुणशर्मा बोला, 'किंतु इसकी अनेक सौत होंगी। ऐसा मैं इस कारण कह रहा हूं कि इसकी नाक पर तिल है। यही नहीं, इसकी तो छाती पर भी तिल है। यह फल उसी का है।'

''गुणशर्मा की यह बात सुनते ही, पिता की अनुमति से रूपसी के भाई ने उसकी छाती देख ली। सचमुच वहां एक तिल नजर आया। यह देख कर अग्निदत्त चकित रह गया और बोला–'तुम वाकई सब कुछ जानते हो। किंतु यह समझ लो कि ये तिल अशुभकारी नहीं हैं। सौतें तो तभी आती हैं, जब पति धनवान होता है। गरीब इंसान तो एक स्त्री को भी कठिनाई से ही पाल पाता है।'

''गुणशर्मा को कहना ही पड़ा, 'इतने सुंदर लक्षणों वाली कन्या का अशुभ होगा ही क्यों?'

''चर्चा चल निकली, तो अग्निदत्त ने गुणशर्मा से स्त्रियों व पुरुषों के अलग-अलग अंगों पर होने वाले तिल इत्यादि चिन्हों के अलग-अलग फलों के बारे में पूछा। गुणशर्मा ने उसे उन सब के बारे में बताया। वे दोनों इस चर्चा में लगे ही थे और उधर उस रूपसी का हाल यह था कि वह चकोरी सरीखी आंखों से अपने चंद्रमा को पी जाना चाह रही थी।

''यह देख अग्निदत्त ने एकांत में ले जाकर गुणशर्मा से कहा–'हे भाग्यशाली, मैं अपनी इस बेटी को तुझे दे रहा हूं। बस, तुम कहीं और न जाकर यहीं पर जैसे चाहो, वैसे रहो।'

''गुणशर्मा ने भी कहा, 'ठीक बात है, ऐसा करूं तो मुझे कौन-से सुख होंगे, जो न मिलेंगे। लेकिन बात यह है कि मैं तो राजा द्वारा किए गए झूठे अपमान की अग्नि में जला जा रहा हूं। इसलिए यह सब मुझे सही नहीं लग रहा। सुखी स्त्री, चांद का उगना और वीणा की पंचम ध्वनि सुखी लोगों को आनंदित करते हैं। अपने आप से आसक्त अनुरागिणी व्यभिचारिणी नहीं होती, जैसे अशोकवती। और फिर सबसे बड़ी बात तो ये कि उज्जयिनी यहां से बहुत पास है। यह जानकर कि मैं इतने पास हूं, राजा कभी भी हमला कर सकता है। इसलिए मैंने सोचा है कि तीर्थों की यात्रा करने के पश्चात अपने पापों को धो डालूंगा और फिर अपने प्राण त्याग दूंगा। तभी मुझे चैन मिल सकेगा।'

"यह सुनते ही अग्निदत्त को हंसी आ गई– 'एक मूर्ख किसी साफ दिल इंसान को अपमानित कर भी दे, तो इसमें उसकी कोई हानि नहीं होती। ऊपर की तरफ उछाला गया कीचड़ तो सदा अपने ही ऊपर आकर गिर जाता है। उस यात्रा को बहुत जल्दी अपनी मूर्खता का फल मिल जाएगा। मोहांघ और विवेकहीन इंसान के पास लक्ष्मी ज्यादा दिन नहीं रुक सकती। और अगर तुम दुष्ट अशोकवती के अनुभव से स्त्रियों से विरक्त हो गए हो, तो फिर एक सती को देखकर उसके प्रति श्रद्धा से क्यों नहीं भरते! तुम तो सती और असती के लक्षणों के अच्छे जानकार हो! और हां, उज्जयिनी के यहां से पास होने की बात से मत घबराओ, मैं तुम्हारी ऐसी व्यवस्था करूंगा कि किसी को कानोंकान तुम्हारे यहां होने की खबर तक न हो सके। माना कि तुम्हारा मन तीर्थयात्रा का है, लेकिन यह तो उस व्यक्ति के लिए ठीक है जो वैदिक कर्म करने में समर्थ न हो। नहीं तो देवता, पितरों, अग्नि की सेवा या जप व व्रत आदि से तो घर पर ही पुण्य हासिल किया जा सकता है। तब फिर तीर्थ यात्रा के लिए भटकने की भला क्या जरूरत है। यह समझ लो कि भुजाओं का तकिया बनाकर जमीन पर सोने वाला, भिक्षा में भोजन पाने वाला एक अकेला दीन-हीन यात्री मुनियों की बराबरी पाकर भी कष्टमुक्त नहीं होता।

"देहत्याग कर तुम सुख पाने की बात कर रहे हो, यह तो तुम्हारी भूल ही है। आत्मघाती तो परलोक में भी कष्ट ही उठाता है। इसलिए, हे युवा जानकार यह सब तुम्हारी मोहभरी बातें हैं। जरा सोचो, फिर मेरी बात मान कर देखो! मैं तुम्हारे लिए एक बड़ा जमींदोज घर बनवाए देता हूं। तुम मेरी रूपवान बेटी से शादी रचाकर अज्ञातवास में यहां मनचाहे ढंग से रहो।'

"जब गुणशर्मा को अग्निदत्त ने इस तरह से समझाया तो वह उसकी बात मान गया, 'चलो, मैं तुम्हारी बात मान लेता हूं। इस सुंदरी पत्नी को कौन छोड़ सकता है भला! लेकिन मैं तुम्हारी बेटी से शादी सफल स्थिति में ही करूंगा। उस समय तक संयत रहकर आराधना करने में लगा रहूंगा। ताकि उस कृतघ्न राजा से बदला ले पाऊं।'

"अग्निदत्त भी इस पर राजी हो गया। इसके बाद गुणशर्मा ने रात को वहीं आराम किया। सुबह होते ही अग्निदत्त गुणशर्मा की सुरक्षा और सुविधा के हिसाब से एक जमींदोज आवास बनवाया–'पाताल वसति।' गुणशर्मा उसी

घर में रहने लगा। एक दिन अकेले में गुणशर्मा ने अग्निदत्त से पूछा–'आप यह बताएं कि मैं यहां रहते हुए किस देवता की पूजा करूं?'

''मैं गुरुदीक्षा में मिले स्वामी कार्तिक का मंत्र जानता हूं। उस मंत्र से तुम तारकासुर व कार्तिकेय की पूजा करो!'' अग्निदत्त ने उसे बताया, 'कार्तिकेय के जन्म को चाहने वाले, शत्रुपीड़ित देवताओं द्वारा भेजे कामदेव को शिव ने भस्म करके भी संकल्पजन्मा बना दिया। महेश्वर, अग्निकुंड, अग्नि, शर के वन से और कृत्तिकाओं से जन्मे स्वामि कार्तिकेय तो ऐसे हैं जिनके जन्म लेते ही, उनके प्रचंड वेग से सारा संसार आनंदित हो गया क्योंकि उन्होंने तारकासुर को मार डाला। ऐसे कार्तिकेय का मंत्र मुझ से ले लो।'

''बस, फिर क्या था! गुणशर्मा को अग्निदत्त ने मंत्र दीक्षा दे दी। दीक्षा ले, गुणशर्मा वहीं रहने लगा। सुंदरी उसकी सेवा में लगी रहती। वह उस जमींदोज घर में मंत्र द्वारा स्वामी कार्तिकेय की आराधना में लगा रहता।

''कई दिन इसी तरह निकल गए, तो एक दिन भगवान षडानन प्रसन्न हो गए। प्रकट होकर उन्होंने कहा, 'मैं तुम पर प्रसन्न हूं, बताओ तुम्हें क्या वर दूं?'

गुणशर्मा को तो जैसे मनचाही वस्तु मिल गई। उसने महासेन को पराजित करने और अकूत धन का स्वामी होने का वर मांग लिया। षडानन ने इस पर कहा–'तुझे अनंत धन प्राप्त होगा। महासेन को हराकर तू पृथ्वी पर राज्य करेगा।'

''गुणशर्मा को जितना चाहिए था, उससे भी अधिक दिया स्वामी कार्तिकेय ने। इसके बाद वे अंतर्धान हो गए। उनके जाने के बाद गुणशर्मा अक्षय धन का स्वामी बन गया। जैसे ही अनुष्ठान सिद्ध हुआ, गुणशर्मा ने अग्निदत्त की बेटी सुंदरी को अपने अनुकूल मानकर उससे विधिवत विवाह कर लिया। धन की तो गुणशर्मा के पास कोई कमी थी नहीं, उसने देखते-देखते हाथी, घोड़े और पदातीयों की एक बड़ी सेना खड़ी कर ली। दान के प्रभाव से उसे अन्य राजाओं की सेना भी मिल गई। उसने इस समूचे सैन्यबल को लेकर उज्जयिनी को घेर लिया। उसने बहुत कम समय में उज्जयिनी पर विजय पा ली और फिर महासेन को हराकर वहां का राज्य प्राप्त कर लिया। यही नहीं, उसने रानी अशोकवती के दुराचार के बारे में भी घोषणा कर दी।

''नया राज्य पाने के बाद उसने कुछ अन्य राजाओं की बेटियों से भी विवाह कर लिया। धीरे-धीरे उसके राज्य का विस्तार समुद्र तट तक हो गया। सब कुछ पा लेने के बाद गुणशर्मा अब सुंदरी के साथ सांसारिक भोगों में लिप्त हो गया।

''इस तरह एक पुरुष विशेष के बारे में समझदारी से काम न लेकर, महासेन ने विपत्ति का मुंह देखा। जबकि गुणशर्मा ने धीरज रखकर पूरी कामयाबी हासिल करते हुए सर्वोच्च राज्यलक्ष्मी को गले लगाया।

''अपने मंत्री वीतभीति से यह उदार कथा सुन सूर्यप्रभ में और उत्साह आ गया। वह समर-सागर को पार करने की सोचते-सोचते धीरे-धीरे नींद की गोद में समा गया।

## अंतिम युद्ध

'रात बीती और सुबह हो गई, तो बिस्तर से उठकर सूर्यप्रभ जल्दी ही तैयार हो गया। अपनी दानव और मानव सेना को साथ ले, वह रणभूमि में जा पहुंचा। इधर वह रणभूमि में पहुंचा और उधर श्रुतशर्मा भी अपनी सेना सहित वहीं आ डटा। इसके साथ ही हर रोज की तरह देवता और असुर भी युद्ध देखने को आ गए।

''इस दिन दोनों सेनाओं में व्यूह अर्धचंद्र वाले बनाए गए। देखते-देखते संग्राम प्रारंभ हो गया। दोनों ओर से सनसनाहट के साथ बाण छूट रहे थे। वे एक-दूसरे को काट रहे थे। पंखों पर चढ़े बाण भी आपस में टकराकर जैसे युद्ध ही कर रहे थे। म्यानों के मुंह से निकली तलवारें ऐसी लग रही थीं जैसे लंबी और रक्तपिपासु जीभें लपलपा रही हों। शूरवीरों के लिए यह युद्ध एक ऐसा महासरोवर था जिसमें राजहंसों का विनाश तय था। योद्धाओं के कटे हुए उछलते सिरों से वह युद्ध भूमि मृत्यु की क्रीड़ा स्थली ही बन गई थी। जब यह युद्ध भूमि रक्त से सींच दी गई, तब दोनों ओर के योद्धा द्वंद्वयुद्ध करने लगे।

''सूर्यप्रभ का द्वंद्वयुद्ध श्रुतशर्मा के साथ शुरू हुआ, तो प्रभास दामोदर के साथ भिड़ गया। इसी तरह महोत्पात का सिद्धार्थ के साथ, ब्रह्मगुप्त का प्रहस्त के साथ और संगम के साथ वीतभीति तथा चंद्रगुप्त के साथ प्रज्ञाढ्य का व अक्रम-प्रियंकर के बीच व अतिबदन-सर्वदमन के बीच द्वंद्वयुद्ध शुरू हो गया।

''धुरंधर के संग कुंजर कुमार भिड़ा, तो दूसरे कई महारथी भी परस्पर लड़ने लगे। सबसे पहले तो महोत्पात ने सिद्धार्थ के बाणों को अपने बाणों से और उसके धनुष को काटने के बाद उसके सारथी तथा घोड़ों का भी अंत कर दिया। रथहीन होने के बाद क्रुद्ध सिद्दार्थ रथ से कूद पड़ा। उसने एक लौह दंड से महोत्पोत के रथ को तोड़ डाला। यही नहीं, उसने महोत्पात को बाहुयुद्ध में पटक दिया। वह उसे पटक-पटक कर मार ही डालना चाहता था, तभी उसके पिता भग देवता ने उसे बचा लिया। बचा ही लिया, तो वह युद्धभूमि से उठकर भाग गया।

''प्रहस्त और ब्रह्मगुप्त भी लड़ते-लड़ते रथहीन हो गए। अब वे पूरे कौशल से तलवारबाजी कर रहे थे। तभी प्रहस्त ने अचानक ब्रह्मगुप्त की डाल को काट डाला। उसने ऐसा कौशल दिखाया कि ब्रह्मगुप्त जमीन पर आ गिरा। जैसे ही प्रहस्त ने ब्रह्मगुप्त का सिर काटना चाहा, उसके पिता ब्रह्मा ने दूर से ही उसे रोक दिया।

''यह देख, सभी दानव, देवताओं की हंसी उड़ाने लगे, ''तुम सब के सब अपने बेटों की रक्षा के लिए यहां आये हो, युद्ध देखने को नहीं।''

''ठीक इसी समय वीतभीति ने संक्रम के धनुष को काट डाला। उसने उसके सारथी का भी अंत कर दिया और उसके हृदय पर ऐसी बाण-वर्षा की कि प्रद्युम्नास्त्र से उसे मार ही डाला। प्रज्ञाढ्य का रथ कहीं दूर जा पहुंचा था। वह पैदल ही युद्ध कर रहा था। चंद्रगुप्त भी रथहीन था और पैदल ही युद्ध कर रहा था। प्रज्ञाढ्य ने खड्ग से चंद्रगुप्त का सिर काट दिया। अपने बेटे की मृत्यु चंद्रमा से न देखी गई, वह स्वयं युद्ध भूमि में उतर आया। अब प्रज्ञाढ्य का युद्ध चंद्रमा से होने लगा। युद्ध देख कर साफ लग रहा था कि टक्कर बराबर की है।

''उधर रथहीन प्रियंकर तलवार से युद्ध कर रहा था। उसके सामने था रथहीन अक्रम। प्रियंकर ने एक ही वार में अक्रम के दो टुकड़े कर दिए। अंकुश फेंक कर सर्वदमन ने अतिबल का धनुष काट दिया और फिर आसानी से उसे मार डाला। अस्त्रों व प्रत्यस्त्रों के युद्ध में रथहीन धुरंधर को कुंजरकुमार ने कहीं का न छोड़ा। विक्रमशक्ति तो धुरंधर के लिए बारंबार रथ प्रस्तुत कर रहा था। वह अस्त्रों के वार से अस्त्रों को हटाकर अपनी रक्षा भी कर रहा

था। तभी अनायास कुंजरकुमार क्रुद्ध हो उठा। उसने एक भारी पत्थर उठाकर विक्रमशक्ति के रथ पर फेंक दिया।

"पत्थर के भीषण प्रहार से रथ के टुकड़े-टुकड़े हो गए। विक्रमशक्ति भाग निकला तो कुंजरकुमार ने फिर वही पत्थर उठाया और धुरंधर को चकनाचूर कर दिया। सूर्यप्रभ तो श्रुतशर्मा से युद्धरत था, लेकिन जब उसने देखा कि विरोचन को मार दिया गया है तो वह क्रोध से उबल ही पड़ा। उसने ऐसा बाण छोड़ा कि दम का अंत हो गया।

"पुत्र के अंत को देख, अश्विनी कुमार देवता युद्ध के लिए उतर आए। सुनीथ ने उन्हें रोकने की कोशिश की तो उन दोनों में भी आपस में युद्ध प्रारंभ हो गया। पराक्रम को स्थिर बुद्धि ने शक्ति-अस्त्र से मार डाला तो आठ बसु क्रुद्ध होकर उसी के साथ भिड़ गए। मर्दन को, भास को रथहीन करता देख, दामोदर से युद्ध करते प्रभास ने क्या देखा, उसने उसे एक ही बाण से मार डाला।

"दानव प्रकम्पन ने अस्त्रयुद्ध में तेजप्रभ को मार डाला, तो अग्निदेव क्रुद्ध हो गया। अब प्रकम्पन और अग्निदेव के बीच ही युद्ध प्रारंभ हो गया। धूमकेतु दानव ने जब यमपुत्र यगदेष्ट्र का वध कर दिया, तो उसका युद्ध यमराज के साथ प्रारंभ हो गया। सिंहदंष्ट्र ने पत्थर के प्रहार से सुरोषण को मार डाला, तो निर्ऋति देव क्रुद्ध हो गया। अब सिंहदंष्ट्र का युद्ध निर्ऋति देव से ही होने लगा। विद्याधर कुबेरदत्त कभी सर्प बन जाता तो कभी पहाड़, कभी वृक्ष बन जाता तो कभी कोई और रूप धर लेता था। किंतु महामाय दानव ने गरुड़, वज्र और अग्नि का रूप धर कर उसे मार डाला। यह देख कर कुबेर क्रुद्ध हो गया। वह महामाय से युद्ध करने में जुट गया। इसी तरह अनेक देवता अपने आंशिक पुत्रों, अनेक विद्याधरों के मारे जाने से क्रुद्ध हो गए। वे भी दानवों व मानवों से युद्ध करने लगे। लेकिन मानव और दानव तो पूरे उत्साह में थे। उन्होंने उछल-उछल कर अनेक बड़े विद्याधर राजाओं का वध कर दिया। उधर प्रभास के साथ दामोदर का ऐसा घमासान युद्ध चल रहा था कि उसमें अनेक प्रकार के अस्त्रों और प्रत्यस्त्रों का प्रयोग किया जा रहा था। जब दामोदर का धनुष कट गया और उसका सारथी भी मारा गया, तब वह दूसरा धनुष लेकर खुद ही घोड़े की लगाम संभालने लगा।

''दामोदर का यह पराक्रम देखकर ब्रह्मा ने उसकी प्रशंसा की तो इंद्र से पूछा– 'प्रभु, आप हारते हुए दामोदर की प्रशंसा किसलिए कर रहे हैं?'

''क्यों न करूं मैं उसकी प्रशंसा? वह इतनी देर से प्रभास में लोहा ले रहा है। सच बात तो यह है कि प्रभास से लड़ने के लिए तो सारे के सारे देवता भी कम पड़ जाएंगे! बहुत पहले नमुचि नाम का एक असुर था। उसने युद्ध में सुरों को पराजित कर दिया था। दूसरे जन्म में वह सर्वरत्नमय प्रबल नाम से जन्मा। वही अब भास के पुत्र प्रभास के रूप में जन्मा है। भास स्वयं पहले कालनेमि नाम का महान असुर था। दूसरे जन्म में उसे हिरण्यकश्यप के नाम से जाना गया। इसके बाद वह कपिंजल के नाम से उत्पन्न हुआ। बहुत पहले का विख्यात असुर सुमुंडीक ही आज का सूर्यप्रभ है। पहले जन्म का हिरण्याक्ष दैत्य आज सुनीथ हो गया है। यही नहीं, प्रहस्त आदि भी पूर्वजन्म से दैत्य और दानव हैं।

''तुम सब ने पहले जिन असुरों का वध किया था, वे सब अब मानव और दानव के रूप में आए हैं। यही कारण है कि मय आदि सभी उनके पक्ष में हैं। सूर्यप्रभ द्वारा किए गए हवन के असर से मुक्त होकर आज बलि भी युद्ध देखने आया हुआ है। अपने वचन की रक्षा के लिए वह पाताल लोक में ही रहता है। अब तुम्हारा राज्य-काल खत्म होने पर ही वह इन्द्र बनेगा। इस समय दानव और मानव, शिव के कृपा पात्र हैं। यह समय अब तुम्हारी विजय का नहीं है। अच्छा है कि तुम संधि कर लो! जिद करने से कोई फायदा नहीं!'

''अभी ब्रह्मा इन्द्र से बात कर ही रहे थे कि प्रभास ने पाशुपतास्त्र चला दिया। उससे भीषण संहार होता देख, अपने अंश दामोदर के पुत्र-स्नेह के कारण विष्णु ने सुदर्शन चक्र चला दिया। ये दोनों ही दिव्यास्त्र समान बलशाली तो थे ही, अतः ऐसा युद्ध होने लगा कि तीनों लोक व्याकुल हो गए।

''अनायास विष्णु ने प्रभास ने कहा–''तुम अपना पाशुपतास्त्र हटा लो, तो मैं भी अपना सुदर्शनचक्र वापस ले लूंगा।''

''यह सुनकर प्रभास ने उत्तर दिया– 'मेरा चलाया अस्त्र तो वापस होगा नहीं। हां, दामोदर यदि युद्धभूमि छोड़कर चला जाए, तो मैं अस्त्र-संहार रोक लूंगा।'

'तुम मेरे चक्र का मान रखो! ताकि दोनों विफल न हों।' विष्णु ने कहा तो प्रभास बोला, 'ठीक है, तो फिर अपका यह चक्र मेरे रथ को तोड़ दे।'

''विष्णु ने उसका प्रस्ताव स्वीकार कर लिया। दामोदर युद्ध भूमि से हट गया। प्रभास ने भी पाशुपत अस्त्र को वापस ले लिया। तभी उसके रथ पर सुदर्शन चक्र आ गिरा। बस, फिर क्या था! दूसरे रथ पर बैठकर प्रभास सूर्यप्रभ के पास चला गया। प्रभास क्या गया, दामोदर भी श्रुतशर्मा के पास चल दिया।

''श्रुतशर्मा को अपने इंद्र का अंश होने का गर्व तो था ही, उसने सूर्यप्रभ से द्वंद्वयुद्ध प्रारंभ कर दिया। देखते-देखते, यह युद्ध भीषण हो गया। श्रुतशर्मा बड़ी मेहनत से जिस अस्त्र को छोड़ता, सूर्यप्रभ तुरंत प्रत्यस्त्र से उसका उत्तर दे डालता। यह देख श्रुतशर्मा ने फिर इंद्रजाल की माया फैलानी शुरू कर दी। लेकिन सूर्यप्रभ के पास उस सबका भी जवाब मौजूद था। उसने विरोधी माया से उस इंद्रजाल को दूर कर दिया।

''अब श्रुतशर्मा ने अत्यंत क्रोध में आकर सूर्यप्रभ पर ब्रह्मास्त्र का प्रयोग कर डाला। सूर्यप्रभ ने उत्तर में पाशुपत अस्त्र को चला दिया। पाशुपत अस्त्र का प्रभाव ऐसा रहा कि उसने ब्रह्मस्त्र को दूर कर श्रुतशर्मा को प्रभावित कर दिया। यह देखकर इंद्र आदि लोकपाल क्रोधित हो उठे। उन्होंने चारों ओर से वज्र आदि का प्रयोग प्रारंभ कर दिया। सूर्यप्रभ पर चारों ओर से वज्र प्रहार होने लगे। यह देख पाशुपत अस्त्र उन सबको हटाते हुए श्रुतशर्मा का अंत करने को हुआ ही था कि सूर्यप्रभ ने उस अस्त्र की स्तुति प्रारंभ कर दी। उसने प्रार्थना की कि वह श्रुतशर्मा का वध न करे। बस, उसे बांधकर उसे ही सौंप दे।

''यह देखना था कि सभी देवता गण क्रुद्ध हो उठे। वे सब युद्ध करने को तत्पर हो गए। वे युद्ध को तत्पर हुए, तो असुर भी उन्हें जीतने की तैयारी करने लगे। तभी अचानक वीरभद्र नाम का एक गण उत्पन्न हुआ। वह शंकर द्वारा प्रेरित था। आते ही उसने शंकर का आदेश इंद्र आदि देवताओं को सुना दिया– 'तुम लोग यदि युद्ध देखने को यहां आए हो, तो फिर युद्ध करने की तुम्हारी क्या तुक है! यह तो मर्यादा तोड़ने जैसा काम है। इससे तो और गड़बड़ हो जाएगी।'

''इतना सुनना था कि देवता कहने लगे, 'इस युद्ध में हम सब के पुत्र मारे गए। जो शेष हैं, वे मारे जा रहे हैं। ऐसे में भी, यदि हम लोग न लड़े,

तो फिर कब लड़ेंगे! पुत्र का स्नेह कौन छोड़ सकता है! ऐसे में हमारे युद्धरत होने की तुक क्यों नहीं है!'

''देवताओं का यह कहना था कि वीरभद्र अंतर्धान हो गया। बस, इसके बाद देवों और असुरों का युद्ध प्रारंभ हो गया। इस युद्ध में अश्विनी कुमारों के साथ सुनीथ तो चंद्रमा के साथ प्रज्ञाढ्य, अष्ट वसुओं के साथ स्थिरबुद्धि, वायु के साथ कालचक्र, अग्नि के साथ प्रकंपन, निऋति के साथ सिंहद्रष्ट, वरुण के साथ प्रमथन, यम के साथ धूमकेतु और कुबेर के साथ महामाय युद्ध करने लगे। शेष बचे अन्य असुर भी शस्त्रास्त्र लेकर देवताओं के साथ युद्ध करने लगे।

''विचित्र बात यह थी कि देवता अपने जिन-जिन अस्त्रों का उपयोग करते, शिव उन्हें अपनी हुंकार से ही बेकार कर देते। अपने एक मित्र को गदा उठाते देख, शिव ने रोक दिया। देवताओं के अस्त्र विफल हो गए, तो वे युद्ध से अलग होने पर विवश हो गए। ऐसे में क्रोधावेश में इंद्र स्वयं सूर्यप्रभ से युद्ध करने लगा। उसने सूर्यप्रभ पर बाणों तथा अन्य अस्त्रों की वर्षा कर दी। कर तो दी, किंतु सूर्यप्रभ ने उनकी उपेक्षा करते हुए, कान तक धनुष खींचा और इंद्र को एक सौ बाण मार दिए। यह देख देवराज इंद्र क्रोध से भर उठा। उसने वज्र उठा लिया और सूर्यप्रभ पर प्रहार कर दिया। तभी शिव ने हुंकार भर दिया, इससे वज्र का प्रहार नष्ट हो गया।

''इंद्र युद्ध भूमि से निकल गया तो स्वयं नारायण क्रोध से भर उठे। उन्होंने तीखे मुख वाले बाणों से प्रभास को लड़ाना शुरू कर दिया। नारायण के अस्त्रों का जवाब देता हुआ प्रभास ऐसे युद्ध करने लगा जैसे कोई साधारण व्यक्ति युद्ध कर रहा हो। उसका रथ टूट गया और घोड़े मर गए, फिर भी वह दूसरे रथ पर चढ़कर युद्ध करने लगा। तब भगवान विष्णु ने क्रुद्ध होकर प्रभास पर एक जलते हुए चक्र से प्रहार कर डाला। यह देख प्रभास ने भी एक अभिमंत्रित खड्ग से प्रहार किया। इन दोनों अस्त्रों का परस्पर युद्ध और चक्र से खड्ग को धीरे-धीरे कमजोर पड़ता देख शंकर भगवान ने हुंकार भर दी। बस फिर क्या था, खड्ग के साथ चक्र भी गायब हो गया।

''इधर सूर्यप्रभ विजयी हुआ तो उधर श्रुतशर्मा को पकड़कर बांध लिए जाने पर असुरों में आनंद हो गया। असुरों में आनंद देख, देवता खिन्न हो

गए। अब सभी देवता शंकर की आराधना में लग गए। आराधना से प्रसन्न होकर शंकर बोले, 'मैंने सूर्यप्रभ से जो प्रतिज्ञा कर रखी है, उसे छोड़ कुछ और मांग लो!'

''देवताओं ने कहा, 'आप जो प्रतिज्ञा कर चुके हैं, उसे कौन टाल सकता है! किंतु हमने भी तो श्रुतशर्मा को वचन दिया है। वह भी बने रहना चाहिए। किसी भी तरह हमारे वंश का नाश नहीं होना चाहिए।'

''देवता खामोश हो गए, तो महादेव ने उनसे कहा, 'यह सब तो आपस में संधि कर लेने पर ही संभव है। इसके लिए पहले श्रुतशर्मा अपने अनुचरों के साथ सूर्यप्रभ को प्रणाम करे। तभी मैं उस पक्ष के हित की बात कहूंगा।'

''देवताओं ने कहा, 'ऐसा ही होगा।' यह सुनते ही श्रुतशर्मा सूर्यप्रभ के समक्ष विनम्र हो गया।

''जब वे दोनों परस्पर गले मिले तो उनकी दुश्मनी छूट गई। देवताओं और असुरों ने भी वैर शांत कर, आपस में मैत्री कर ली। सभी सुरों और असुरों के सामने ही शंकर ने सूर्यप्रभ से कहा, 'तुम अब विद्याधर की दक्षिण ओर की आधी वेदी पर अपना चक्रवर्ती शासन स्थापित करो और उत्तर की आधी वेदी पर श्रुतशर्मा को चक्रवर्ती बना रहने दो। कुछ समय बाद तुम, किन्नर आदि आकाशचारियों का राज्य, जो इससे आकार में चौगुना है, प्राप्त कर लोगे। जब तुम्हारे राज्य का विस्तार हो जाए, तब तुम अपने दक्षिण की आधी वेदी कुंजरकुमार को दे देना।' 'इसके बाद अंत में शिव जी बोले, 'इस युद्ध में दोनों पक्षों के जितने भी वीर हताहत हुए हैं, वे सब के सब जीवित हो जाएं। उनके शरीर पर कोई भी घाव न रहे।'

''यह कहते ही महादेव अंतर्धान हो गए। उनके अंतर्धान होते ही, युद्ध में हताहत सभी योद्धा जी उठे। लगा, जैसे वे सब अभी-अभी सो कर ही उठे हों।

''इस महापरिवर्तन के बाद, शिव की आज्ञा मान कर सूर्यप्रभ एकान्त में जाकर बैठ गया। वहीं उसने सभा की। तभी श्रुतशर्मा भी वहां आ गया, तो उसे भी सूर्यप्रभ ने अपने सिंहासन के आधे भाग में बिठा लिया। इस अवसर पर, सूर्यप्रभ के प्रभास आदि मित्र ही नहीं, श्रुतशर्मा के दामोदर आदि मित्र भी दोनों तरफ अपनी-अपनी जगह पर बैठ गए। सुनीथ व मय आदि असुर

तथा दूसरे विद्याधर राजा अपने-अपने योग्य आसनों पर बैठ गए। तब सातों पातालों के राजा प्रह्लाद आदि दैत्य-दानवों के इंद्र खुशी मनाते हुए वहीं आ गए।

"गुरु बृहस्पति आगे-आगे थे और लोकपालों के साथ इंद्र व सुमेरु, सुवासकुमार तथा दनु आदि कश्यप मुनि की पत्नियां वहां आ पहुंची। भूतासन विमान पर बैठकर सूर्यप्रभ की सारी पत्नियां भी वहीं आ गईं। सौहार्दपूर्ण वातावरण में जब सब प्रेमपूर्वक बैठ गए, तब दनु की मित्र सिद्धि ने कहा– 'हे सुरो एवं असुरो, देवी दनु आपसे कह रही हैं कि आज इस समाज में आप लोग जैसा सुख अनुभव कर रहे हैं, क्या इससे पूर्व कभी ऐसा सुख अनुभव हुआ था? इसलिए आप लोगों को विरोध नहीं करना चाहिए। बड़े भाई हिरण्याक्ष ने स्वर्ग के लिए आपस में विरोध किया था, वे मारे गए। अब इंद्र ही बड़ा है। ऐसे में विरोध क्यों? आप सब अब शत्रुतारहित सद्व्यवहार करो। इसी से हमें संतोष होगा और तीनों लोकों का कल्याण भी।'

"सिद्धि के माध्यम से माता दनु के ये वचन सुनकर इंद्र ने ब्रहस्पति की ओर देखा। यह देख बृहस्पति कहने लगे– 'असुरों के प्रति देवताओं की कोई दुश्मनी नहीं है। यही कारण है कि देवता उनके प्रति कोई ऐसा काम नहीं करते जिससे उनकी ध्वनि हो।'

"यह सुनकर दानवराज मय कहने लगा, 'अगर असुरों के मन में देवताओं के प्रति अच्छी भावना न होती, तो नमुचि असुर मुर्दों में प्राण फूंक देने वाले घोड़े उच्चैश्रवा को इंद्र को दान में क्यों दे देता! यही नहीं दैत्य प्रबल भी देवताओं को अपना शरीर दान कैसे कर देता! विष्णु को अपना शरीर दान कर बलि कारागार में क्यों चला जाता! अयोदेह असुर भी अपना शरीर विश्वकर्मा को कैसे दे देता! ज्यादा क्या कहूं, आएदिन देवताओं द्वारा परेशान किए गए असुर अगर छल-कपट द्वारा आतंकित न किए जाएं, तो उनके भीतर कोई विकार ही पैदा न हो।'

"मयासुर की यह बात सुनकर सिद्धि ने कहा, "तुम्हारी बात ठीक ही है।" बस, फिर क्या था! देवता और असुर आपस में स्नेह से बातचीत करने लगे। ठीक इसी समय पार्वती की भेजी जया भी वहां आ पहुंची। वह पहुंची, तो सभी उसका स्वागत-सत्कार करने में लग गए। तभी जया ने सुमेरु से कहा–

'मुझे पार्वती देवी ने यहां भेजा है। कहा है कि अपनी कन्या कामचूड़ामणि को तुम सूर्यप्रभ को दे दो। वह मेरी भक्त है।'

''सुमेरु ने उत्तर दिया, 'देवी भगवती ने मुझे यह आज्ञा देकर अनुग्रहीत किया है। महादेव ने भी एक बार ऐसा मुझसे कहा था।' अब सूर्यप्रभ से जया कहने लगी, ''कामचूड़ामणि को तुम अपनी सभी पत्नियों की प्रमुख बनाना। यही होगी तुम्हें सभी पत्नियों में प्रिय। यह आदेश प्रसन्नमन से पार्वती ने तुम्हें दिया है।'

''जया सूर्यप्रभ से सम्मानित हुई और संदेश देकर अदृश्य हो गई। उसी दिन सुमेरु ने लग्न तय कर लिया। बहुमूल्य रत्नों से जड़े खंभों की वेदी बनवाई। वेदी ऐसी लग रही थी जैसे हर ओर से चमकीली लाल किरणों का प्रकाश उसे अग्नि द्वारा छाए हुए हो। इसी स्थान पर उसने अपनी रूपसी बेटी कामचूड़ामणि को बुलवाया। वह आई, तो ऐसा लग रहा था जैसे उसके रूप-सौंदर्य को देवता और असुर भी चंचल होकर पी रहे हों।

''उमा का जन्म हिमालय से हुआ था, तो इसका सुमेरु से। इसी कारण उसकी सुंदरता भी पार्वती की तरह थी। वैवाहिक वस्त्रों में सजी कामचूड़ामणि को सुमेरु ने विवाह-वेदी पर बैठाकर उसे सूर्यप्रभ को प्रदान कर दिया। दनु आदि द्वारा बांधे गए कामचूड़ामणि के हाथ को सूर्यप्रभ ने भी ग्रहण कर लिया। जिस समय लाजा-होम चल रहा था, उसी समय पार्वती द्वारा भेजी जया वहां आ पहुंची। उसने एक दिव्य माला अनीश्वर उसे भेंट की। सुमेरु ने भी उसे अनेक बहुमूल्य रत्न प्रदान किए। इस अवसर पर उसने उसे ऐरावत से उत्पन्न सुंदर हाथी भी दिया।

''जिस समय दूसरा लाजा-होम हुआ, जया ने एक ऐसी रत्न-माला भेंट की जिसके गले में रहने पर यौवन बना रहता है। उसी समय सुमेरु ने भी अनंत रत्न और हर प्रकार की सिद्धि के काम आने वाली एक अंगूठी उसे प्रदान की। जब विवाह का संस्कार पूरा हो गया, तब सुमेरु ने सुरों, असुरों, विद्याधरों और देवमाताओं से कहा– 'आज तो आप सब को मेरे निवास पर भोजन ग्रहण करना चाहिए। यह निवेदन मैं आप लोगों से सिर पर अंजलि बांध कर कर रहा हूं।'

''वे सब वहां भोजन करना नहीं चाहते थे। उसी समय वहां शिवजी का नन्दी आ पहुंचा। वह सभी को प्रणाम कर बोला, 'शिवजी का आप लोगों के लिए आदेश है कि आप सुमेरु के निवास पर ही भोजन करें। सुमेरु शिवजी का आत्मीय है। उसके यहां भोजन कर आपको परम तृप्ति होगी।'

''नन्दी से यह सुनकर उन सब ने भोजन करना स्वीकार कर लिया। इसके कुछ देर बाद ही विनायक, महाकाल और वीरभद्र के साथ अनेक गण वहीं आ पहुंचे। वहां पहुंचते ही उन सब ने भोजन तैयार कर लिया। भोजन तैयार हो गया तो सभी मेहमानों को सम्मान क्रम से बैठाया। इनमें देव, दैत्य, विद्याधर और मनुष्य सभी थे।

''भोजन में सुमेरु के विद्याबल से तैयार तथा शिव के आदेश से कामधेनु द्वारा प्रदान किए गए अनेक प्रकार के व्यंजन भी उसमें शामिल थे। भोजन सभी को परोस दिया गया। भोजन के समय अतिथियों की प्रतिष्ठा के हिसाब से वीरभद्र, महाकाल और भृंगी आदि देवता जुट गए।

''इस बीच प्रेम और संतोष से आकाशचारियों के चारण-मान ही नहीं, दिव्य स्त्रियों के नृत्य भी सभी का मनोरंजन करते रहे। भोजन संपन्न हो गया तो नंदीश्वर आदि ने मेहमानों को वस्त्र, दिव्य मालाएं और आभूषण भेंट किए। सभी देवताओं का सम्मान किया गया। इसके बाद वे सभी अपने-अपने वाहनों से यथास्थान लौट गए। उनके चले जाने के बाद सूर्यप्रभ से आज्ञा ले, सभी असुर, विद्याधर भी अपनी-अपनी जगह चले गए।

''जब वे सब चले गए, तो सूर्यप्रभ भी अपने इष्टमित्रों व नव वधू के साथ सुमेरु के प्राचीन आश्रम को लौट गया। लौट आया, तो उसे भाई रत्नप्रभ की याद हो आई। उसने अपने मित्र हर्ष को राजाओं और अपने भाई रत्नप्रभ के पास सारा हाल सुनाने को भेज दिया। इधर हर्ष रवाना हुआ और संध्या घिर आई। अब सूर्यप्रभ कामचूड़ामणि के भवन में जा पहुंचा। वहां पलंग सुंदर रत्नों से सजा हुआ था।

''कामचूड़ामणि की नई-नवेली लज्जा को उसने धीरे-धीरे प्रगाढ़ आलिंगन, दांत गड़ाने और प्रेमभरी खींचतान से दूर कर दिया। उसका साथ उसे दूसरी रानियों से एकदम अलग, नया और आनंद देने वाला लगा। इन सब के बीच सूर्यप्रभ ने वह रात बिता दी। रात बीतने पर सूर्यप्रभ ने कामचूड़ामणि से कहा,

'अब से मेरी अन्य सभी स्त्रियां हृदय से बाहर रहा करेंगी। मेरे हृदय के भीतर तो अब केवल तुम्हारी जगह बची है।' सूर्यप्रभ की ये बातें सुनकर कामचूड़ामणि परम प्रसन्न हो गई। इसके साथ ही उसने सूर्यप्रभ का कस कर आलिंगन किया तो उसकी नींद और रात, दोनों एक साथ समाप्त हो गईं।

"सुबह के समय सूर्यप्रभ एकसाथ बैठी अन्य स्त्रियों के पास जा पहुंचा। उसने अपनी प्रेमभरी बातों से उन सब को खुश कर दिया। वे सब भी सूर्यप्रभ की तरह-तरह से खिंचाई करने में लगी हुई थीं। कभी वे उस पर तंज कसतीं, कभी चुटकी लेतीं तो कभी हंसी-मजाक कर रही थीं। तभी द्वारपाल ने आकर सूर्यप्रभ को प्रणाम किया और कहा, दूत का संदेश है– "महाराज, मुझे त्रिकूटनाथ सहित सभी विद्याघर राजाओं ने आपके पास भेजा है। उनका कहना है कि आज से तीसरे दिन ऋषम पर्वत पर आपका शुभ अभिषेक है। इस कार्य की सूचना सभी को दें और इसके लिए तैयारी भी करें।"

"इतना सुनते ही सूर्यप्रभ दूत से बोला, 'त्रिकूटेश्वरों से जाकर कह दो कि इस उत्सव का आयोजन वे ही करें। यही नहीं, अन्य लोगों को भी सूचना वे ही पहुंचाएं। मैं तो तैयार हूं ही। समय मिलने पर हम भी सूचना पहुंचा देंगे।'

"दूत चला गया, तो सूर्यप्रभ ने प्रभास सहित सभी मित्रों, देवताओं, याज्ञवल्क्य मुनि, राजाओं, विद्याघरों, असुरों आदि को अलग-अलग सूचनाएं भिजवाकर अभिषेक उत्सव में आमंत्रित किया। जब इन सभी को सूचनाएं देने के लिए संदेशवाहक चले गए, तो सूर्यप्रभ स्वयं शिव व पार्वती को निमंत्रित करने के लिए कैलाश पर्वत की ओर प्रस्थान किया।

"जब वह आधे से अधिक चढ़ाई चढ़ गया, उसे लगा कि शिखर पर पहुंचना कठिन है। तभी उसे ठीक सामने विद्रुम मणि से बना एक द्वार देखा। सिद्धि संपन्न होते हुए भी जब सूर्यप्रभ को उस द्वार से प्रवेश न मिला, तो वह एकाग्र हो शिव-आराधना में लीन हो गया।

"कुछ देर बाद ही, द्वार को खोल, हाथी जैसे मुख वाले एक पुरुष ने कहा, 'आओ, अब प्रवेश कर लो! भगवान हेरम्ब तुम पर प्रसन्न हैं।'

"सूर्यप्रभ उस द्वार में प्रवेश कर ही रहा था कि उसकी नजर ज्योतिर्मय शिला पर बैठे गणेश जी पर पड़ी। वह बारह सूर्यों के समान चमक रहे थे।

एक दांत, लंबा पेट, तीन नेत्रों में वह चकित कर रहे थे। उनके हाथ में फरसा, कुल्हाड़ा और गदा थे। उन्हें अलग-अलग प्रकार के मुख वाले गणेश घेरे हुए थे। देखते ही सूर्यप्रभ ने उन्हें विनम्र प्रणाम किया।

''गणेश जी ने सूर्यप्रभ से वहां आने का कारण जानना चाहा और कहा, 'तुम इस रास्ते से ऊपर चढ़ो।'

''सूर्यप्रभ उनके बताये रास्ते पर पांच योजन चढ़ाई चढ़ता चला गया। अब उसे पद्मपरागमणि का दूसरा द्वार दिखाई पड़ा। जब वह उस द्वार में भी प्रवेश न कर सका, तो इस बार उसने शिवसहस्रनाम से महादेव की आराधना प्रारंभ कर दी। आराधना का प्रभाव भी शीघ्र ही नजर आ गया। स्वामी कार्तिक के पुत्र विशाख ने द्वार खोला और अपना परिचय देते हुए उसे भीतर आने को कहा।

''भीतर पहुंचकर सूर्यप्रभ ने कुमार स्वामी को देखा। अग्नि ज्वाला की तरह चमकते विशाख, शाख आदि पांच पुत्रों के साथ करोड़ों गणेश कुमार स्वामी की सेवा में लगे थे। कुमार स्वामी ने भी सूर्यप्रभ से वहां आने का कारण पूछा और चढ़ाई पर जाने का मार्ग बता दिया।

''धीरे-धीरे सूर्यप्रभ महाकाल, वीरभद्र, नन्दी और भृंगी जैसे गणों के संरक्षण वाले पांच रत्नों के द्वार को पार कर ऐसे स्थान पर पहुंचा, जहां उसे स्फटिक मणि का विशाल द्वार नजर आया। देवाधिदेव महादेव की स्तुति करते एकादश रुद्रों में से एक रुद्र ने द्वार खोला और सूर्यप्रभ को प्रवेश कराया। सूर्यप्रभ ने वहां जाकर स्वर्ग से भी कहीं अधिक आकर्षक शिवधाम का दर्शन किया।

''वहां लगे विशाल वृक्षों पर दिव्य पुरुषों के दल झूल रहे थे। पेड़ों पर फूल लदे हुए थे। गंधर्वों का गायन चल रहा था। अप्सराएं नाच रही थीं। एक ओर स्फटिक के सिंहासन पर भगवती गौरी के साथ भगवान शंकर विराजमन थे। त्रिनेत्रधारी, हाथ में शूलधारण किए थे। चमकते स्फटिक के समान स्वच्छ, पीली जटाएं बांधे, आकर्षक आधे चांद से सज्जित मस्तक वाले महादेव शंकर को सूर्यप्रभ ने झुककर प्रणाम किया।

''शिवजी ने सूर्यप्रभ की पीठ पर हाथ रख उसे उठाया और पास बैठाते हुए पूछा, 'यहां कैसे आना हुआ?'

''सूर्यप्रभ ने निवेदन किया, 'प्रभु, मेरा अभिषेक बस होने ही वाला है। आपसे उसमें पधारने का निवेदन करने आया हूं।'

''तुमने इसके लिए इतना कष्ट क्यों उठाया? मुझे बुलाना था, तो वहीं स्मरण कर लिया होता। मैं अवश्य आऊंगा।' शिवजी ने प्रेम से कहा।

''शिव ने पास ही बैठे एक गण को कहा, 'सूर्यप्रभ को अभिषेक हेतु ऋषम पर्वत पर ले जाओ। वह विद्याधर चक्रवर्तियों का विशेष स्थल है। उनका अभिषेक वहीं होता है।'

''सूर्यप्रभ प्रदक्षिणा व प्रणाम तो कर ही चुका था, अतः गण ने उसे अपनी गोद में ले लिया और ऋषम पर्वत की ओर चल दिया। कुछ देर बाद ही वे वहां आ पहुंचे। सूर्यप्रभ को वहां बैठा कर गण अपनी सिद्धि के प्रभाव से अदृश्य हो गया।

''कुछ समय बाद ही सूर्यप्रभ देखता क्या है उसके इष्ट मित्र, मंत्री और कामचूड़ामणि सहित सभी पत्नियां वहां आ पहुंचे हैं। उनके साथ सभी विद्याधरों के राजा, इन्द्र समेत सभी देवता, मय सहित सभी असुर, याज्ञवल्क्य सहित सभी ऋषि और सुमेरु व सुमासकुमार आदि भी वहीं एकत्र हो गए। उन्हें आया देख फिर सूर्यप्रभ ने सभी का उचित सम्मान-सत्कार किया। उसने सभी को, शिवजी के आने का समाचार सुनाकर प्रसन्न कर दिया। सभी आगंतुकों ने सूर्यप्रभ को इसके लिए बधाई देनी शुरू कर दी।

''सूर्यप्रभ के मंत्रियों ने प्रभास के नेतृत्व में तैयारियां प्रारंभ कर दीं। मणियों व स्वर्ण से बने कलशों में वे अनेक प्रकार की औषाधियों से मिले अनेक नदियों, तीर्थों व समुद्रों का जल एकत्र कर लाने लगे। अभी जल पहुंच ही रहा था कि भगवान शिव, पार्वती के साथ वहां आ पहुंचे। उन्हें आया देख सभी देव, असुर, दानव, विद्याधर आदि राजा उन्हें आदर सहित प्रणाम करने लगे।

''कुछ समय बाद ही, देव-दानव-विद्याधरों ने पुण्याहवाचन का पाठ किया। पाठ संपन्न होते ही, सभी ऋषि और प्रभास आदि ने मिलकर पवित्र जल से सिंहासन पर आरूढ़ सूर्यप्रभ का विशेष अभिषेक किया। यह अभिषेक उसके विद्याधर चक्रवर्ती बनने के अवसर का था, अतः सूर्यप्रभ को विशेष मुकुट और पट्‌ट बांधा गया। जैसे ही यह काम हो रहा था, आकाश में देवता दुंदुभियां बजाने लगे और अप्सराएं नृत्य करने लगीं।

''सूर्यप्रभ के बाद ऋषियों के कामचूड़ामणि का अभिषेक किया। इसके साथ ही वह सूर्यप्रभ की राजमहिषी बन गई। अभिषेक का आयोजन संपन्न होते ही देवता व असुर तो अपने-अपने स्थान को लौट गए किंतु सूर्यप्रभ व उसके आत्मीय इष्ट-मित्र उत्सव मनाते रहे।

''कुछ दिन गुजर जाने पर सूर्यप्रभ को शिवजी का आदेश याद हो आया। उसने तुरंत उत्तर की वेदी का आधा राज्य शिवजी की आज्ञा के अनुसार श्रुतशर्मा को प्रदान कर दिया। इसके बाद वह निश्चित हो कर वह विद्याधर राज्य की लक्ष्मी के उपभोग में जुट गया। मनुष्य होते हुए भी, यह उसके लिए संभव हुआ क्योंकि उसे शिव का आशीष मिला हुआ था।''

वज्रप्रभ वत्सराज के सामने सूर्यप्रभ की यह कथा सुनकर नरवाहनदत्त को प्रणाम करने लगा। इसके बाद वह आकाश में उड़ता हुआ दूर चला गया। वह चला गया, तो युवराज नरवाहनदत्त पटरानी मदनमंचुका के साथ पिता वत्सराज के निवास में रहने लगा। रहने तो लगा, किंतु उसमें भी विद्याधर चक्रवर्ती बनने की जिज्ञासा बनी हुई थी।

## कथा नरवाहनदत्त की

वत्सराज उदयन का बेटा नरवाहनदत्त हर रोज विद्याधर राजाओं के चरित्र सुनता। वे उसे प्रणाम करते और वह आनंद में मग्न हो जाता। अपने पिता के घर में वह सुख-सुविधाओं के उपभोग में लगा रहता। एक दिन वह अपने लाव-लश्कर को साथ लेकर गोमुख के संग शिकार खेलने को जंगल की ओर निकल गया। उत्साह की तेजी में, कुछ ही समय बाद, वह और गोमुख लाव-लश्कर को पीछे छोड़ जंगल में बहुत आगे निकल गए। तभी अचानक उसकी दायीं आंख फड़कने लगी, तो वह बड़ा खुश हुआ। यह उसके लिए किसी अच्छे समाचार की सूचक जो थी। थोड़ी ही देर बाद उसे दिव्यवीणा में मिली-जुली संगीत लहरी सुनाई दी।

इतनी सुंदर संगीत की धुन सुन, नरवाहनदत्त उसकी आवाज की तरफ बढ़ने लगा। अभी वह कुछ दूर ही पहुंचा था कि उसे एक प्राचीन शिवमंदिर दिखाई दिया। वह घोड़े से उतरा। उसने घोड़े को एक पेड़ के तने से बांधा और मंदिर की ओर बढ़ चला। मंदिर के पास पहुंचा, तो देखता क्या है कि अनेक सुंदरियों से घिरी एक दिव्य लड़की वीणा वादन करती हुई शिव की

आराधना में डूबी हुई है। वह इतनी सुंदर थी कि उसे देखते ही नरवाहनदत्त मोहाविष्ट हो गया। वह इतना क्षुब्ध हो उठा जैसे चंद्रमा ने समुद्र को उद्वेलित कर दिया हो।

उधर वह दिव्य सुंदरी भी राजकुमार नरवाहनदत्त को देख अपना गीत-संगीत भुला बैठी। उसके मन में राजकुमार के प्रति प्रेम भाव पनपने लगा। इधर नरवाहन दत्त के मन की बात को समझ लेने वाला साथी गोमुख भी सक्रिय हो गया। उसने सोचा, जरा पूछकर देखता हूं कि यह सुंदरी है कौन? किसकी बेटी है? तभी वह देखता क्या है कि स्वर्ण-सी चमचमाती एक प्रौढ़ विद्याघरी आसमान से धरती पर उतर आई। उतरी और उसी दिव्य सुंदरी के पास जाकर बैठ गई। सुंदरी ने भी तुरंत उठकर उसके चरण स्पर्श किए।

विद्याधरी प्रौढ़ा ने कहा, 'तू सभी विद्याधरों के चक्रवर्ती को अपने पति के रूप में प्राप्त करेगी। इस काम में कोई बाधा न आएगी।'

यह देख नरवाहनदत्त ने भी उस विद्याधरी को प्रणाम किया। इसके बाद वह उससे पूछने लगा, 'मां, यह लड़की कौन है? और तुम्हारी क्या लगती है?'

''वह बोली, 'मैं तुम्हें बता रही हूं, सुनो!'

## कथा अलंकारवती की

''हिमालय पर्वत पर एक नगर बसा है– सुंदर पुर। उस नगर में विद्याधरों का राजा है– अलंकारशील। वह बड़े ही उदार गुणों वाला है। उसकी एक रानी है कंचनप्रभा। उसी रानी से राजा का हुआ एक बेटा। बेटा उत्पन्न हुआ, तो रानी को स्वप्न में पार्वती ने दर्शन दिए और कहा, 'यह बेटा बहुत धर्मशील होने वाला है।' राजा को यह पता चला, तो उसने बेटे का नाम ही धर्मशील रख दिया।

''धीरे-धीरे धर्मशील, पिता से उसकी विद्याएं सीखते हुए जवान हो गया। राजा ने एक दिन उसे युवराज बना दिया। वह युवराज क्या बना, उसने अपनी धर्म परायणता और सद्गुणों से पिता से भी कहीं अधिक प्रजा का मन जीत लिया। राजा भी खुश और प्रजा भी। एक दिन महारानी कंचनप्रभा ने एक बेटी के जन्म दिया। बेटी के जन्म के साथ ही हुई एक भविष्यवाणी। उसमें कहा गया– 'यह लड़की विद्याधर चक्रवर्ती नरवाहनदत्त की पत्नी बनेगी।'

''राजा ने बेटी का नाम रखा–अलंकारवती। वह धीरे-धीरे चंद्रकला की तरह विकास करने लगी। युवा होते-होते उसने सभी विद्याएं सीख लीं। वह परम शिव भक्त थी, अतः शिवजी के मंदिरों में भ्रमण करती रहती। एक दिन उसके भाई धर्मशील ने अपने पिता से एकांत में कहा– 'पिताजी, इस क्षणभंगुर संसार में तमाम सांसारिक भोग मुझे आकर्षित नहीं करते। संसार भर में ऐसा क्या है जो अंत में नीरस नहीं हो जाता। मुनियों का कहा तो सुना ही होगा कि दुनिया भर में जो कुछ है, उसका भ पतन तय है। जितने भी संयोग हैं, उनका अंत वियोग में ही है। जीवन का अंत भी मरण है। इसलिए, पिता जी इन विनाशवान वस्तुओं से विद्वानों का कैसा प्रेम? सांसारिक भोग और संग्रह परलोक नहीं बना सकते। ये सब तो यहीं नष्ट हो जाते हैं। यही कारण है कि मेरा मन वन में जाकर तप करने का है। ताकि मैं मोक्ष प्राप्त कर सकूं।'

''राजा ने धर्मशील की ये बातें सुनी, तो वह बेचैन हो गया। विद्वान लोग युवावस्था के बाद ही वैराग्य की कामना करते हैं। बेटा, तुम्हें भरी जवानी में यह कैसा भ्रम हो गया है! यह समय तो तुम्हारे लिए विवाह कर, धर्मानुसार शासन करने का है। तुम्हारे लिए यह सांसारिक भोगों का समय है, वैराग्य का नहीं।'

''पिता की ये बातें सुनकर धर्मशील कहने लगा, 'भोग और विराग का उम्र से कोई लेना-देना नहीं है। ईश्वर की अनुकंपा पाया ही कोई व्यक्ति विरक्त हो पाता है। जो कुत्सित होते हैं, वे तो बुजुर्ग हो जाने पर भी ऐसा नहीं कर पाते। मुझे राज्य से कोई लगाव नहीं है। मैं विवाह भी करना नहीं चाहता। शिव की अर्चना करते हुए, तप करना ही मेरा उद्‌देश्य है।'

''पिता के आंसू निकल आए और वह कहने लगे, 'जब तुम्हें इस उम्र में ही वैराग्य हो गया है, तो मैं तो इस उम्र में आ पहुंचा हूं। मैं भी अब वन की ओर जाऊंगा।'

''बेटे से ऐसा कहकर राजा मर्त्यलाोक गया और उसने रत्नों और सोने का दस सहस्र भार ब्राह्मणों को दान कर दिया। इसके बाद वह अपने नगर में आया और कंचनप्रभा से कहने लगा, 'तुम्हें अब इसी नगर में रहना होगा, यह मेरी आज्ञा है। यहां रहते हुए तुम्हें, बेटी अलंकारवती की रक्षा करनी होगी। जब एक वर्ष पूरा हो जाएगा, आज के ही दिन उसका विवाह शुभ होगा।

इसके विवाह का शुभ लग्न इसी दिन है। उस दिन मैं आकर स्वयं इसे नरवाहनदत्त को दूंगा। वही चक्रवर्ती दामाद हमारे नगर की रक्षा कर सकेगा।'

"उसकी यह बात सुनकर बेटी व पत्नी रोने लगीं। राजा ने उन्हें शपथ दिलवाई और बेटे के साथ वन की ओर चल दिया। राजा तो वन को चला गया, अब रानी कंचनप्रभा अपनी बेटी के साथ उसी नगर में रहने लगी। उसे तो पति की आज्ञा का पालन करना ही था। बेटी अलंकारवती का तीर्थयात्रा का मन हुआ, तो वह मां के साथ शैव तीर्थों के दर्शन के लिए निकल गई। एक दिन उससे विद्या प्रज्ञाप्ति ने कहा—'कश्मीर में अनेक स्वयंभू तीर्थ हैं। तुम उनमें जाकर पूजन करो। इसके बाद ही तुम विद्याधरों के चक्रवर्ती नरवाहनदत्त को पा सकोगी।'

"बस फिर क्या था, अलंकारवती मां के साथ कश्मीर के अनेक तीर्थों में जाकर शिव-आराधना करने लगी। उसने मां के साथ नन्दि क्षेत्र, महादेव पर्वत, अमर पर्वत, सुरेश्वरी पर्वत, विजय पर्वत और कटेश्वर आदि पर पहुंचकर पार्वती-शिव की अर्चना की। इसके बाद वे दोनों अपने नगर को लौट आए। यह कन्या वही अलंकारवती है। मैं उसकी मां हूं कंचनप्रभा। आज तो यह बिना मुझे बताए ही, यहां चली आई। मैं प्रज्ञाप्ति विद्या से यह जान सकी कि यह यहां आई हुई है। मैं इसीलिए यहां आई हूं। इसी विद्या से मुझे यह जानकारी भी मिल गई कि तुम यहां पहुंचे हुए हो। अब तुम दैव-आदेश का पालन कर इस कन्या को ग्रहण करो। इसके पिता के बताए अनुसार इसका विवाह का लग्न कल प्रातः है। वे तपोवन से आकर स्वयं कन्यादान करेंगे।

"कंचनप्रभा के ऐसा कहते ही, अलंकारवती और नरवाहनदत्त की दशा अवर्णनीय हो गई। लगा, जैसे वे दोनों चकवा-चकवी के समान एक रात भी एक दूसरे से अलग रहने में स्वयं को समर्थ नहीं पा रहे। सांझ घिरते-घिरते दोनों की आंखों में आंसू उमड़ आये।

"दोनों में ऐसी उत्कंठा देख कंचनप्रभा बोली, 'एक रात की ही तो बात है! तुम दोनों इतने अधीर क्यों हुए जा रहे हो? धैर्यवान लोग तो अनिश्चित समय तक विरह बर्दाश्त कर लेते हैं। इस बारे में राम और सीता की कहानी सुनो।'

## कथा रामचंद्र और सीता की

''प्राचीन काल में अयोध्या नरेश हुआ दशरथ। राजा दशरथ के हुए चार बेटे– राम, भरत, लक्ष्मण और शत्रुघ्न। इन चारों भाइयों में राम था सबसे बड़ा। रावण का विनाश करने को राम, विष्णु के अंश से पैदा हुआ था। राजा जनक की बेटी सीता उसकी प्राणों से भी प्यारी पत्नी थी।

''दैवयोग ऐसा हुआ कि भरत को राज्य सौंप कर, पिता ने राम को, सीता और लक्ष्मण के साथ वनवास हेतु भेज दिया।

''वे वन में चले गए, तो वहां रावण ने कपट कर, राम की प्राणप्यारी सीता को हर लिया। वह उसे हरकर ले जा रहा था, तो मार्ग में अवरोध पैदा करने वाले जटायु का उसने वध कर दिया। इसके बाद वह सीता को लंका ले कर चला गया।

''राम वियोगी हो गया। उसने बाली को मारकर सुग्रीव से दोस्ती कर ली। राम ने हनुमान को भेज सीता का हालचाल पता किया। इसके बाद राम ने समुद्र-तट पर जाकर, उसमें पुल बांध कर रावण को मारा और लंका का राज्य विभीषण को सौंपकर सीता को प्राप्त कर लिया।

''लंका से लौटकर राम ने भरत द्वारा सौंपे गए राज्य का पालन किया। कुछ समय वे बाद राम की पत्नी सीताा गर्भवती हो गई। इन्हीं दिनों राम ने गुप्त रूप से प्रजा का समाचार जानना चाहा। वह अयोध्या में गुप्त भ्रमण पर निकल जाता। एक दिन उसने एक पुरुष को देखा। वह अपनी पत्नी का हाथ पकड़ कर उसे खींचते हुए बाहर निकाल रहा था। उसका कहना था कि उसकी पत्नी किसी दूसरे के घर जाकर रहने की दोषी है।

''राजा राम ने यह भी सुना कि उस पुरुष की पत्नी कह रही है– 'राक्षस के घर पर रही सीता को तो रामचन्द्र ने नहीं छोड़ा। मेरा पति क्या उससे भी बड़ा हो गया, जो अपने ही बंधु के घर पर रही मुझे छोड़ रहा है!' यह सुनकर राम को बड़ा खेद और लज्जा अनुभव हुई।

''लोकनिन्दा के मय से राम ने अपनी पत्नी सीता को जंगल में छोड़ दिया। सच बात है– यशस्वी लोग विरह का दुख तो सकह सकते हैं, किंतु लोकनिन्दा सहन नहीं कर सकते।

''जंगल में भटकती गर्भवती सीता वाल्मीकि के आश्रम जा पहुंची। ऋषि वाल्मीकि ने सीता को आश्वासन दिया और आश्रम में ही ठहरने को कहा।

''सीता तो आश्रम में ठहर गई, लेकिन वहां के अन्य मुनि आपस में यह चर्चा करने लगे कि 'सीता में अवश्य कोई खोट है। नहीं तो उसक पति भला उसे यूं क्यों छोड़ देता! अब हर रोज उसे देखने से पाप चढ़ सकता है। बाल्मीकि तो दयाभाव के कारण सीता को आश्रम से नहीं निकाल पा रहे, दूसरे वे उसके दर्शन से होने वाले पाप को अपने तप से नष्ट कर देते हैं। चलें, हम लोग अब किसी और आश्रम की ओर चलें!'

''मुनियों की ये बातें बाल्मीकि के कानों तक पहुंचीं तो उन्होंने मुनियों से कहा, 'निसंदेह यह सीता चरित्र से शुद्ध है। मैंने इसे गौर से देखा है।' किंतु मुनियों का अविश्वास दूर न हुआ। यह देख सीता ने कहा– 'आप लोग जैसा ठीक समझें, मेरी शुद्धता की परख कर लें। यदि मैं अशुद्ध निकलूं, तो मेरा सिर काट कर मुझे दंडित करें।'

''यह सुनकर मुनि बोले, 'इस घोर वन में टीटिभ नामक एक तीर्थ है। प्राचीन काल में किसी मादा टिटहरी को उसके नर ने अन्य टिटिहरों के साथ जाने का झूठा आरोप लगा दिया था। यह सुनकर वह टिटहरी बड़ी दुखी हुई। शरणहीन व अनाथ होकर वह धरती व लोकपालों को दुहाई देते हुए जोर से रोने लगी। तब उन्होंने उसकी शुद्धि के लिए उस सरोवर की रचना की। अब वहीं जाकर राम की पत्नी सीता अपनी शुद्धता प्रमाणित करे।'

''मुनियों की यह बात सुनकर सीता टीटिभ सर नामक उस सरोवर के पास जा पहुंची। उसने वहां पहुंचकर कहा–'यदि आर्यपुत्र राम के अतिरिक्त, सपने में भी कभी मेरा मन अन्य पुरुष की ओरन गया हो, तो हे धरती, मैं इस सरोवर के पार हो जाऊं।'

''यह सुनते ही धरती मां ने सीता को गोद में उठाया और दूसरे पार पहुंचा दिया।

''यह देखकर, सभी ऋषि-मुनियों ने पवित्र सीता को प्रणाम किया। यही नहीं, क्रोधावेश में वे ऐसी सीता का परित्याग करने वाले राम को शाप देने को तत्पर हो उठे।

''यह देखकर सीता ने कहा– 'आप लोग मेरे पति रामचन्द्र के बारे में अशुभ बात न सोचें। चाहें, तो आप मुझे शाप दे सकते हैं। मैं आप सब के हाथ जोड़ रही हूं।'

''इस तरह, अनुनय विनय कर सीता ने मुनियों को शाप देने से रोक दिया। अब मुनिगण प्रसन्न हो कर सीता को पुत्रवती होने का आशीष देने लगे।

''कुछ दिन बीत जाने के बाद, सीता ने आश्रम में एक बेटे को जन्म दिया। ऋषि बाल्मीकि ने उसका नामकरण किया– लव। एक दिन सीता लव को साथ लेकर स्नान करने चली गई। कुटी में लव दिखाई न दिया, तो बाल्मीकि सोचने लगे– 'सीता तो उसे यहीं छोड़कर स्नान करने जाया करती थी। जरूर किसी वन्य पशु ने बालक को अपना आहार बना लिया होगा! अब मैं दूसरा बालक बना देता हूं। सीता स्नान करके लौटेगी, तो बालक को न पाकर अपने प्राण ही त्याग देगी।'

''बाल्मीकि ने सोचा और कुश की एक पवित्री बना ली। उससे उसने एक बालक बना दिया। जिस स्थान पर लव रहता था, बाल्मीकि ने उस बालक को वहीं रख दिया। स्नान करके सीता लौटी, तो दूसरे बालक को देख बाल्मीकि से कहा, 'मुनिवर, मेरा बेटा लव तो यह रहा, फिर यह दूसरा बच्चा कहां से आ गया?'

''सीता की बात सुनकर बाल्मीकि ने उसे सारा किस्सा कह सुनाया और कहा, 'सीता, यह तो भवितव्य से जुड़ी बात है। अब तुम इस दूसरे बालक को भी स्वीकार कर लो। इसका नाम है–कुश। इसे मैंने अपने प्रभाव से कुशों से उत्पन्न किया है।'

''सीता अब लव और कुश का पालन समान रूप से करने लगी। बाल्मीकि की कृपा से लव और कुश ने बचपन में ही दिव्य शस्त्र और अस्त्र चलाने सीख लिया। वे सामान्य बच्चों से हटकर खेल करने लगे। एक दिन तो उन्होंने आश्रम के ही एक मृग को मारकर उसका भक्षण कर लिया। यही नहीं, वे बाल्मीकि के पूजन में उपयोग होने वाले शिवलिंग को भी खिलौना समझ खेलने लग गए। यह देख बाल्मीकि का खिन्न हो जाना स्वाभाविक ही था। किंतु सीता ने तुरत उनसे इसके लिए क्षमा मांग ली। क्षमा मांग ली तो मुनि ने उनके लिए प्रायश्चित निश्चित कर दिया। बाल्मीकि ने कहा– 'लव को कुबेर के सरोवर

में जाकर स्वर्ण कमल लाने होंगे। वहीं एक उद्यान से उसे मंदार के फूल भी लाने होंगे। जब ये दोनों भाई उनसे इस शिवलिंग की अर्चना करेंगे, तभी इस पाप की शांति हो सकेगी।'

''लव तो बाल्मीकि की बात सुन ही रहा था। उसने तुरंत कुबेर के उद्यान की ओर प्रस्थान कर दिया। वहां पहुंचा, तो उसे उद्यान के रक्षक यक्षों का सामना करना पड़ा। उसने अपने पराक्रम से उन्हें पराजित किया और फिर स्वर्ण कमल व मंदार के फूल लेकर आश्रम की ओर चल दिया। चलते-चलते वह थक गया, तो एक पेड़ के नीचे आराम करने लगा।

''ठीक इसी समय, राम के नरमेघ यज्ञ में किसी सुलक्षण पुरुष को खोजता लक्ष्मण उसी ओर आ पहुंचा। उसने लव को युद्ध के लिए ललकारा और सम्मोहन अस्त्र से मोहित कर, क्षात्र धर्म के अनुसार बांधकर उसे अयोध्या ले गया। लव को आश्रम लौटने में देरी होने लगी, तो सीता चिंतित हो परेशान हो उठी। उसे दुखी देख बाल्मीकि ने धैर्य बंधाया और कुश से कहा– ''देखो बेटा, लक्ष्मण लव को पकड़कर अयोध्या नगरी ले गया है। अब तू ये दिव्य अस्त्र ले कर जा और लव को छुड़ाकर ले आ।'

''बाल्मीकि के कहे अनुसार कुश दिव्य अस्त्र लेकर अयोध्या जा पहुंचा। वहां पहुंचते ही उसने युद्ध प्रारंभ कर दिया और यज्ञ की भूमि को घेर लिया। लक्ष्मण जब उसका सामना करने पराजित हुआ देख, राम अब युद्ध करने को सामने हो आए। सामने तो आ गए किंतु बाल्मीकि के प्रभाव वाले दिव्य अस्त्रों के कारण वे लुश को पराजित न कर सके।

''यह देख, राम ने कुश से पूछा, 'तुम कौन हो?''

''लक्ष्मण मेरे बड़े भाई लव को बांधकर ले आया है। उसे यहां ले कर आओ। मैं उसे छुड़ाने के लिए ही यहां आया हूं।' कुश ने उत्तर दिया, 'हम दोनों, लव और कुश हैं। हमारी मां सीमा कहती हैं कि हम राम के पुत्र हैं।'

''राम की आंखें यह सुनकर भर आईं। उन्होंने लव और कुश को गले लगा लिया। रुंधे गले से वह कहने लगे, 'अरे, वह पापी राम मैं ही हूं।'

''अयोध्या नगरी के लोग भी सीता की प्रशंसा करने लगे, तो राम ने लव और कुश को स्वीकार कर लिया।

''पुत्रों को स्वीकार कर लेने के बाद राम ने बाल्मीकि के आश्रम से सीता को बुलवा लिया। सीता लौट आई, तो राम ने अपने दोनों पुत्रों को राज-काज सौंप दिया और सुख से उनके साथ रहने लगे।

''धैर्यवान महापुरुष इस तरह भीषण विरह भी सहन कर जाते हैं। और तुम हो पुत्रो, कि एक रात का विरह भी तुम से सहन नहीं हो रहा है!

''तभी विवाह को उत्सुक बेटी अलंकारवती और नरवाहनदत्त से कंचनप्रभा ने कहा और उन्हें साथ ले आकाश मार्ग से उड़कर चली गई। अब उसे प्रातःकाल ही लौटना था। दुखी होकर नरवाहनदत्त भी कौशाम्बी लौट आया।

''कौशाम्बी में जब गोमुख ने देखा कि नरवाहनदत्त को नींद नहीं आ रही, तो वह उसका मनोरंजन करने लगा। उसने कहा– 'महाराज, मैं तुम्हें राजा पृथ्वीरूप की कथा सुनाता हूं।'

## कथा पृथ्वीरूप और रानी रूपलता की

''दक्षिण में एक नगर है प्रतिष्ठान। वहां का राजा पृथ्वीरूप बड़ा ही रूपवान था। एक दिन पृथ्वीरूप के पास दो श्रमण आ पहुंचे। उन्होंने उनके रूप को देखा तो देखते ही रह गए। उनके मुंह से अनायास निकला, 'हे राजन, हम पृथ्वी में अनेक स्थानों पर हो आए हैं, किंतु हमने तुम्हारे जैसा सुंदर पुरुष नहीं देखा। हां, मुक्तिपुर नाम के एक द्वीप में रूपलता जैसी सुंदरी भी अद्भुत है। वह रूपधर की पत्नी हेमलता देवी की संतान है। वह निश्चित ही तुम्हारे योग्य है। तुम दोनों विवाह बंधन में बंध जाओ, तो बड़ा ही अच्छा हो।'

''श्रमणों की यह बात सुनते ही राजा पृथ्वीरूप को लगा, जैसे कामदेव के बाणों ने उसने कानों से प्रवेश करते हुए उसके हृदय में प्रभाव किया है। उसने अपने एक प्रवीण चित्रकार कुमारिदत्त को बुलाया और कहा, 'एक कपड़े पर मेरा चित्र बनाओ और इन श्रमणों के संग मुक्तिपुर चले जाओ। वहां तुम्हें करना यह है कि किसी मुक्ति से रूपलता को मेरा वह चित्र बस दिखा भर देना है। देखना फिर यह है कि उसका पिता रूपधर उस कन्या को मुझे देता है या नहीं! उस रूपलता का चित्र भी बनाकर मुझे दिखा देना।'

''इसके बाद राजा पृथ्वीरूप ने चित्रकार से अपना चित्र बनवाया और उसे श्रमणों के संग मुक्तिपुर भिजवा दिया। चलते-चलते वे तीनों समुद्र तट

पर षत्रपुर नाम के एक नगर में जा पहुंचे। वहां से वे पानी के जहाज पर सवार हुए और पांच दिन की लंबी यात्रा के बाद मुक्तिपुर जा पहुंचे।

"मुक्तिपुर पहुंचकर वे राजमहल में गए। द्वार प्रवेश में ही चित्रकार ने चित्र प्रदर्शित कर घोषणा की कि उसके जैसा तो और कोई चित्रकार ही नहीं। राजा रूपधर को यह खबर मिली, तो उसने चित्रकार को राजसभा में बुलवा लिया। चित्रकार राजसभा में पहुंचा और उसने प्रणाम करते हुए राजा का अभिवादन किया। इसके बाद वह बोला, 'राजा, मैं समूचे भू-मंडल में घूम आया हूं। लेकिन मुझे अपने जैसा कोई चित्रकार मिला ही नहीं। आप आज्ञा करें, मैं अब देवों, दैत्यों और मनुष्यों में किसका चित्र बनाऊं?'

"राजा ने अपनी बेटी को बुलवाकर कहा, 'तुम मेरी इस बेटी का चित्र बनाकर दिखाओ।'

"कुमारदित्त मन से राजकुमारी का चित्र एक कपड़े पर बनाने लगा। उसने उसका वास्तविक चित्र बनाया। चित्र देख कर राजा बड़ा प्रसन्न हुआ। उसने सोचा, चित्रकार तो यह वाकई कुशल है। उसने उससे कहा, 'तुमने सारी पृथ्वी को घूमकर देखा है। जरा ये बताओ, मेरी बेटी के जैसा कहीं कोई स्त्री-पुरुष है भी!'

"राजा की बात सुनकर चित्रकार ने कहा, 'मैंने इसके जैसा स्त्री-पुरुष तो कोई नहीं देखा। हां, प्रतिष्ठानपुर का राजा पृथ्वीरूप ही है जो इसके समान रूपवान ठहरता है। उसके साथ इसका रिश्ता हो जाए, तो अच्छा रहेगा। सच बात तो यह है कि उसने अब तक विवाह इसीलिए नहीं किया क्योंकि उसे मनचाही कोई सुंदर कन्या मिली ही नहीं। मैंने तो उस सुंदर दिखने वाले राजा का एक चित्र भी बना लिया है।'

"चित्रकार की बात सुनकर राजा ने कौतूहल से पूछा, 'क्या तुम्हारे पास वह चित्र है?'

"'हां, है। चित्रकार ने उत्तर दिया। और चित्र राजा के सामने कर दिया।

"चित्र देखकर राजा, पृथ्वीरूप का रूप देखकर सिर हिलाने लगा। प्रसन्नता में उसके मुंह से निकला, 'धन्य हैं हम। हमने वस्त्र पर बने राजा के इस रूप को देख लिया जो उसे प्रत्यक्ष रूप में देखते हैं, उन्हें हम प्रणाम करते हैं।'

''पिता की यह बात रूपलता के कानों में पड़ी तो उसने राजा के चित्र को देखा। वह इतनी उत्कंठित हो उठी कि सुध-बुध ही खो बैठी। जैसे वह न कुछ देख रही हो और न सुन पा रही हो। अपनी काममोहित बेटी की यह हालत देख कर राजा रूपधर से न रहा गया। उसने चित्रकार से कहा– 'अगर तुम्हारे द्वारा राजा का बनाया यह चित्र यथार्थ जैसा है, तो राजा पृथ्वीरूप मेरी बेटी के योग्य है। इसलिए, तुम मेरी बेटी के चित्र को ले जाकर पृथ्वीरूप को दिखा दो। वह यदि ठीक समझें, तो मेरी बेटी से विवाह करने के लिए जल्दी ही यहां आ जाएं।'

''यह कहकर राजा ने चित्रकार को यथोचित रूप में सम्मानित किया और फिर उन्हें श्रमणों के साथ विदा कर दिया। यही नहीं, साथ में अपना एक दूत भी भेजा।

''कुछ समय बाद चित्रकार, श्रमण और दूत समुद्र पार कर प्रतिष्ठानपुर जा पहुंचे। उन्होंने राजा पृथ्वीरूप से भेंट की। उन्होंने पृथ्वीरूप के लिए भेजे रूपधर के उपहार प्रस्तुत करते हुए उनका संदेश भी कह सुनाया। इसी समय चित्रकार कुमारदित्त ने राजकुमारी का चित्र भी राजा के सामने कर दिया।

''राजा ने उस चित्र में लावण्य की सरिता जैसी राजकुमारी रूपलता का चित्र देखा, तो उसे देखता ही रह गया। उसकी नजर चित्र पर से हटती ही न थी। वह उसे देखता हुआ भी ऐसे अतृप्त रहा, जैसे चंद्रमा का ज्यादा से ज्यादा पान कर लेने पर भी चकोर अतृप्त रह जाता है। किसी तरह राजा ने चित्रकार से कहा– 'इसे बनाने वाले ब्रह्मा और इसका चित्र बनाने वाले तुम, दोनों के ही हाथ पूजनीय हैं। एक ने उसका निर्माण किया, दूसरे ने उसे चित्रित किया। मैं राजा रूपधर की बात स्वीकार करते हुए, मुक्तिपुर द्वीप पहुंच कर उनकी बेटी से विवाह करना चाहता हूं।'

''यह कहकर उसने दूत को पुरस्कृत किया और फिर उस चित्र पर रूपलता को निहारता देर तक बैठा रहा। इसके बाद उसने वह दिन किसी तरह अपने उद्यानों में घूमकर बिताया। फिर उसने लग्न आदि निकलवाकर, दूसरे ही दिन बारात के साथ मुक्तिपुर की ओर प्रस्थान कर दिया। इस बारात में हाथी और घोड़ों के साथ-साथ सामंत, राजा, राजकुमार, चित्रकार और दोनों श्रमण भी थे। राजा स्वयं मंगलघट नाम के एक हाथी पर सवार था। कुछ ही दिनों में बारात विंध्यारण्य के द्वार पर जा पहुंची।

"दूसरे दिन राजा सवार हुआ हाथी शत्रुमर्दन पर। वह उसे विंध्य के घने जंगलों में प्रवेश कर गया। उसके साथ उसकी सेना भी थी। कुछ ही दूर गया होगा कि उसे अपनी सेना लौटती दिखाई दी।

"राजा ने घबराहट में सोचा– 'अरे, यह क्या हो रहा है?' तभी उसके पास हाथी पर सवार एक राजपुत्र निर्भय आ गया। उसने बताया, 'महाराज, आगे मीलों की एक बड़ी सेना है। उसने हमारे पचास हाथियों को मार गिराया है। एक हजार पैदल सैनिक और तीन सौ घोड़े भी वे मार चुके हैं। हमारे सैनिक भी दो हजार मीलों का संहार कर चुके हैं। हालत यह थी कि हमारी सेना में एक शव होता, तो उनकी सेना में दो। उनके बाण-वज्रों से मारे जाते हमारे सैनिक भाग आए।'

"राजा पृथ्वीरूप यह सुनकर क्रुद्ध हो गया। आवेश में वह भीलों की सेना की ओर दौड़ पड़ा। वह भीलों की सेना का ऐसे संहार करने लगा जैसे कौरवों की सेना का संहार पांडवों में अर्जुन ने किया था। राजकुमार निर्भय ने अनेक भीलों का संहार कर दिया। तभी राजा पृथ्वीरूप ने भी एक भाले के वार से भील सरदार का सिर काट डाला। राजा का हाथी शत्रुमर्दन बाण लगने से गिर रहे रक्त की धारा से लहूलुहान ऐसा लग रहा था जैसे वह गेरू के झरनों वाला अंजन पर्वत। राजा जब विजयी होकर लौटा, तो उसकी सारी सेना वहीं एकत्र हो गई। उधर बचे रह गए भील सैनिक जान बचाने के लिए इधर-उधर भागने लगे। युद्ध समाप्त हो गया, तो रूपधर के दूत ने जाकर राजा पृथ्वीरूप के पराक्रम की प्रशंसा करते हुए राजा को सारा हाल कह सुनाया। उधर विजयी राजा ने घायल सेना को राहत पहुंचाने के लिए वनभूमि में ही एक तालाब के किनारे अपना शिविर स्थापित कर लिया।

"कुछ समय बाद, जब सब कुछ ठीक-ठाक हो गया तो राजा ने यात्रा प्रारंभ कर दी। कुछ दिनों बाद ही वह समुद्र तट पर पत्रपुर नगर में जा पहुंचा।

"पत्रपुर के राजा उदारचरित ने उसका भरपूर सम्मान-सत्कार किया। इस पर राजा पृथ्वीरूप बड़ा प्रसन्न हुआ। उसने उस रात वहीं विश्राम करने का विचार किया। सुबह राजा उदारचरित ने पृथ्वीरूप के लिए जहाज और नावें मंगवा दीं। केवल आठ दिन में पृथ्वीरूप समुद्री मार्ग से मुक्तिपुर द्वीप जा पहुंचा। बारात तो साथ में थी ही।

''राजा रूपधर को पृथ्वीरूप के आने का समाचार मिला, तो वह खुशी-खुशी बारात के स्वागत के लिए आ पहुंचा। सामना होते ही, दोनों राजा एक-दूसरे के गले लग गए। इसके बाद रूपधर पृथ्वीरूप को अपनी राजधानी में ले गया। नगर की स्त्रियां पृथ्वीरूप का स्वागत करती हुई जैसे उसके रूप का पान किए जा रही थीं। कुछ देर बाद ही वे लोग राजभवन जा पहुंचे। रूपधर और रानी हेमलता को अपनी बेटी के अनुरूप दामाद को देखकर अपार खुशी हो रही थी। उन्होंने पृथ्वीरूप का आदर-सत्कार कर, उन्हें वहीं ठहराया।

''दूसरे ही दिन एक शुभ लग्न में राजा पृथ्वीरूप ने उत्कंठित रूपलता का हाथ थमा लिया। आंखों ही आंखों में वे एक-दूसरे का सौंदर्य पान करते रहे। उन दोनों की नजरों की स्थिति यह थी कि जैसे वे कानों के पास जा-जाकर कह रही हों कि जैसा सुना था, वैसा ही पाया।

''राजा रूपधर ने लाजा-हवन के हर मौके पर वर-वधू को इतने रत्न भेंट किए कि देखने वाले उन्हें रत्नाकर ही समझ बैठे। विवाह संपन्न होने पर रूपधर ने चित्रकार कुमारदित्त, श्रमणों और अन्य उपस्थितों को बहुमूल्य उपहार देकर सम्मानित किया।

''वहीं कुछ दिन रहते हुए पृथ्वीरूप ने अपने साथियों के साथ खूब आतिथ्य ग्रहण किया। दिनभर नृत्य और गायन चलता और फिर रात के समय पृथ्वीरूप उत्कंठा सहित रूपलता के शयन में चला जाता। शयन गृह पर रखा पलंग रत्नों से जड़ा हुआ था। उसके फर्श पर भी रत्न जड़े हुए थे। सारा कक्ष रत्नों और दीपकों से जगमग कर रहा था। एक तो ऐसा भव्य शयन गृह, उस पर लंबे समय से उत्कंठित मन, पृथ्वीरूप रूपलता के संग पूरे उत्साह से मगन रहने लगा। वह आनंदकेलि में थककर सो जाता, तो सुबह उसे उठने के लिए गीत गाए जाते। उस समय वह ऐसा लगता जैसे स्वर्ग में इन्द्र।

''ससुर रूपधर द्वारा उपलब्ध कराए गए अनेक भोगों का रस लेता हुआ पृथ्वीरूप पूरे दस दिन वहीं रहता रहा। ग्यारहवें दिन वह ज्योतिषियों द्वारा निर्देशित समय पर मंगलाचरण करने के बाद रूपलता को साथ ले वहां से चल पड़ा। समुद्र तट तक उसे रूपधर ने पहुंचाया। वहां से वह जहाज पर सवार हुआ। अन्य जहाजों पर उसके साथी सवार हुए और वापसी की यात्रा प्रारंभ हो गई। आठ दिन लंबी यात्रा के बाद वे समुद्र पार जा पहुंचे। वहां सेना उसका स्वागत

करने को खड़ी थी। यही नहीं, पत्रपुर का राजा उदारचरित भी स्वागत कर रहा था।

"उदारचरित ने पृथ्वीरूप को कुछ दिन ठहरने को कहा और उसका पूरे मन से आतिश्य-सत्कार किया। कुछ दिन वहां ठहरकर, पृथ्वीरूप चल दिया। चलते समय उसने रूपलता को जयमंगल नाम के हाथी पर बैठाया। स्वयं वह बैठा कल्याणगिरि नाम के हाथी पर। कई दिनों की यात्रा के बाद राजा जब अपने प्रतिष्ठान नगर पहुंचा तो देखा कि पूरा नगर तोरणों और ध्वजाओं से सजा हुआ है।

"नगर में पहुंची रूपलता का रूप-सौंदर्य देखा, तो नगर की स्त्रियों ने अपना रूप-गर्व छोड़ दिया। राजधानी-प्रवेश के कुछ समय बाद राजा पृथ्वीरूप ने अपने विवाह का उत्सव आयोजित कराया। उसने चित्रकार कुमारिदत्त को अनेक जमीनें पुरस्कार स्वरूप भेंट कीं और धन देकर सम्मानित किया। उसने दोनों श्रमणों को भी सम्मानित व पुरस्कृत किया। राजा पृथ्वीरूप ने प्रसन्न होकर, सभी सामंतों, राजाओं व अन्य संबन्धी राजपूतों को भी यथोचित पुरस्कृत किया।

"जब इन सभी कार्यों से राजा निश्चिंत हो गया, तब उसने रानी रूपलता के साथ सांसारिक सुख का उपभोग करना प्रारंभ कर दिया।

"मंत्री गोमुख ने इस प्रकार यह पूरा वृत्तांत सुनाया तो देखा कि नरवाहनदत्त उसी की ओर देख रहा है। यह देख गोमुख ने उससे कहा– 'महाराज, धैर्यवान लोग इसी प्रकार विरहकाल को किसी भी प्रकार के कष्ट के साथ सह सकते हैं। और एक तुम हो, जो एक रात का विरह भी सह नहीं पा रहे। सुबह होते ही तो तुम्हारा विवाह अलंकारवती से हो जाएगा।'

"गोमुख जब यह सब कह रहा था, तभी यौगंधरायण का बेटा मरुभूति वहां आ पहुंचा। वह गोमुख से कहने लगा, 'गोमुख, तुम तो काम-पीड़ा से परिचित हो नहीं, इतनी सहजता से शांतिपूर्वक तुम ये क्या कह रहे हो? मनुष्य धैर्य, विवेक, चरित्र तभी साध पाता है जब तक वह कामबाण से बिंध नहीं जाता। इस दुनिया में सरस्वती, स्कंद और जिन ही धन्य है जिन्होंने काम को कपड़े के कोने में चिपके कीड़े की तरह फटकार दिया।'

मरुभूति ने ऐसा कहा, तो गोमुख घब राया हुआ-सा दिखने लगा। यह देख नरवाहनदत्त ने गोमुख का पक्ष लेकर कहा– 'मेरा मनोरंजन करने के लिए गोमुख ने ठीक ही कहा है। अपनत्व रखने वाला इंसान, विरह-काल में क्या धन्यवाद देगा। आत्मीय लोगों को वियोग के समय अपने ही आदमी को धैर्य बंधाना चाहिए। इसके बाद तो फिर कामदेव ही जानेंगे।'

''इस तरह, बातें करते-करते नरवाहनदत्त ने वह रात अपने संगी-साथियों के साथ बिता डाली।

## विवाह नरवाहनदत्त और अलंकारवती का

''रात बीती। सुबह हुई, तो नरवाहनदत्त अभी दैनिक क्रियाओं से निबटा ही था कि उसे आकाश की ओर से धरती पर उतरती विद्याधरी कंचनप्रभा नजर आई। उसके साथ थे– पति अलंकारशील, पुत्र धर्मशील और बेटी अलंकारवती। धरती पर उतर कर वे सब नरवाहनदत्त के पास आ गए। नरवाहनदत्त ने उन सब का आदर-सत्कार किया। अभी यह सब चल ही रहा था कि स्वर्ण और रत्नों का भार उठाए हजारों विद्याधर भी आकाश से उतर आए।

''राजा उदयन को जब यह सारा वृत्तांत पता चला, तो वह मंत्रियों व महारानियों को लेकर वहीं आ पहुंचा। वह अपने बेटे की उन्नति देख कर बड़ा प्रसन्न था। वत्सेश्वर ने उनका बड़े सम्मान से अभिवादन व सत्कार किया। राजा अलंकारशील स्नेह से झुका हुआ ही था कि उसने वत्सराज उदयन से कहा– 'राजन्, यह अलंकारवती है, मेरी बेटी। इसके जन्म के समय ही आकाशवाणी हुई थी– 'यह तुम्हारे पुत्र और विद्याधरों के चक्रवर्ती नरवाहनदत्त की अर्धांगिनी बनेगी।' अतः मैं इसे नरवाहनदत्त के देता हूं। आज ही इनका शुभ वैवाहिक लग्न है। मैं अपने परिवार सहित इसीलिए यहां आया हूं।'

''राजा अलंकारशील की यह बातें सुनकर वत्सेश्वर उदयन बोला– 'आपकी कृपा है।' और उनका अभिनंदन करने लगा।

''इसके बाद उस विद्याधरराज ने अपनी शक्ति के प्रभाव से पैदा किए जल से आंगन को सींचा। आंगन को सींचा ही जा रहा था कि एक दिव्य वस्त्र से ढंकी सोने की वेदी निकल आई। वह आंगन ऐसा लगने लगा जैसे अनेक प्रकार के रत्नों से जड़ा हुआ कोई रहस्यागार ही बन गया हो।

“तब नरवाहनदत्त से राजा अलंकारशील कहने लगा, ‘अब तुम उठो! लग्न का समय हो चला है।’ इसके बाद स्नान किए, वैवाहिक मांगलिक वस्त्र धारण किए नरवाहनदत्त को वेदी में ले आया गया। अलंकारशील ने इसके बाद खुशी-खुशी अपनी बेटी नरवाहनदत्त को प्रदान कर दी। विवाह के अवसर पर हुए लाजा-हवन में अलंकारशील ने अलंकारवती के साथ ही मणि-माणिक, रत्न, आभूषण, स्वर्ण के हजारों भार व अनेक दिव्य परिचारिकाएं भी भेंट कीं।

“विवाह संपन्न हो गया, तो राजा अलंकारशील ने सभी संबन्धियों को सम्मानित किया। इसके बाद उसने उन सभी से अनुमति ली और अपनी पत्नी व बेटे के साथ आकाशमार्ग से लौट गया।

“विवाह के बाद सभी विद्याघर राजा नरवाहनदत्त को सम्मानित करते रहे। जितना वे उसे सम्मानित करते जाते, वह और विनम्र होता चला जाता। अपने बेटे की यह उन्नति देखकर राजा उदयन बहुत खुश हुआ। उसने कई दिनों तक विवाह उत्सव मनाया। उधर उदार गुणों वाली सदाचारिणी अलंकारवती को पाकर नरवाहनदत्त भी ऐसे खुश हो गया, जैसे सुंदर छंदों वाली उदारगुणा कविता को पाकर कोई रसिक सुकवि प्रसन्न हो जाता है।”

●●●

www.ingramcontent.com/pod-product-compliance
Lightning Source LLC
LaVergne TN
LVHW060137051026
849517LV00007B/2500
*9789395145473*